Auf dem Weg zur Mama

Trixie Wackerhagen

AUF DEM WEG ZUR MAMA
Mein Tagebuch

Bibliografische Information der Deutschen Nationalbibliothek

Die Deutsche Nationalbibliothek verzeichnet diese Publikation in der Deutschen Nationalbibliografie; detaillierte bibliografische Daten sind im Internet über http://dnb.dnb.de abrufbar.

Illustration Cover: Jasmin Keune-Galeski
Satz, Herstellung und Verlag: BoD – Books on Demand
ISBN 978-3-7448-2552-8

Inhalt

Rückblick

. . . *Es klingt alles so unwirklich und ich hätte mir nichts von all dem erträumen lassen. Ganz im Gegenteil, ich hätte gedacht, das ist eine andere Frau, über die da gesprochen wird. Eigentlich bin ich ja nur Mutter geworden und manchmal glaub ich, neu geboren zu sein. Vielleicht aber habe ich mich auch einfach nur selbst erobert?*

Moment mal – wer war ich eigentlich? Da gab es doch eine Barbara Klüse. So eine bissige Geschäftsfrau, die mit ihrer eisernen Disziplin immer alles erreicht hat. Sie wurde vom Leben ausgebremst. Dann wurde sie nachdenklich, dick und rund. Sie wurde Mutter! Eine Reise der Veränderung. Eine Geschichte des Lebens, so wie jeder Mensch dieser Erde seine ganz eigene schreibt. Weil wir sie wahrscheinlich schreiben müssen. Meine kleine Geschichte – in einem unscheinbaren Tagebuch verpackt. Ich hole es aus meiner alten Schreibtischschublade. Ein Erbstück von Oma Anni. Ich schlage dich auf, mein liebes Tagebuch, und beginne zu lesen …

Vor der Mama

Happiest Woman Alive

Mai 2011

Liebes Tagebuch, ich bin der glücklichste Mensch auf dieser Erde. Habe den tollsten Mann geheiratet. Morgen geht's auf in die Flitterwochen. Mal sehen, ob ich dir in wenigen Wochen schon von unserem Nachwuchs berichten kann. Können es kaum erwarten, eine Familie zu werden …

Absage des Lebens

November 2012
Liebes Tagebuch, der Wind peitscht ans Fenster. Ich sitze fest eingemummelt mit meiner Decke vor dem Kamin. Es klingt alles so gemütlich – wie im Bilderbuch. Der Schein trügt, denn vielmehr könnte ich schreiben: Ich sitze vor dem Kamin und fühle mich elender als das Wetter da draußen. Das Jahr neigt sich dem Ende zu. Lebkuchen und Spekulatiuskekse dekorieren die Supermärkte. Eine heitere Vorweihnachtszeit sollte mich überkommen und ich würde am liebsten dieser harmoniestrebenden Zeit entfliehen.

Es ist so viel Zeit vergangen und noch immer hat sich unsere Liebe nicht vermehrt. Wir sind beide kerngesund, dem natürlichen biologischen Prozess sollte nichts im Wege stehen. Ich kann einfach nicht begreifen, warum es nicht geschehen möchte. Monat für Monat bin ich voller Erwartungen und jedes Mal aufs Neue werde ich enttäuscht. Es ist wie ein Schlag auf die Brust.

Ich – Barbara Hermina Klüse, 35 Jahre alt, zielstrebig, erfolgreiche Unternehmensberaterin bei WALTERS, diszipliniert, durchtrainiert und gepflegt, kontrolliert und organisiert. Habe in meinem Leben bisher alles erreicht, was ich erreichen wollte. Mein Motto: »Du schaffst alles, was du dir vornimmst, wenn du es wirklich möchtest.« Das Leben hat es gut mit mir gemeint und mir meine große Liebe, Julius, geschickt. Doch mein größter Wunsch, eine Familie zu werden, möchte einfach nicht klappen. Das erste Mal in meinem Leben fühle ich mich unsagbar machtlos. Es fühlt sich an, als würde ein Kartenhaus über mich einbrechen. Mein Lebensmotto ist dahin. Nichts, aber auch gar nichts passiert, egal ob ich mich gut oder schlecht ernähre, ob ich Vitamine einnehme oder Entspannungstechniken verfolge. Ich, Barbara, die sonst so Taffe, die Macherin, stößt erstmals in ihrem Leben an eine unüberwindbare Grenze. Verzweiflung und Wut wechseln sich ab. Eine Absage des Lebens, die sich gewaschen hat.

Liebes Tagebuch, welche Macht des Lebens möchte mich bestrafen?

Das hätte ich nie von mir gedacht

Dezember 2012

Liebes Tagebuch, ich hatte mit allem gerechnet, aber niemals nie mit der Verkündung von Dodos Schwangerschaft. Sie hob ihr O-Saft-Gläschen mit den Worten: »Mädels, Alexander und ich werden im Sommer Nachwuchs bekommen.« Diese Worte klingen noch immer nach, genauso wie dieser dumpfe Schlag auf meiner Brust.

Seit Monaten beschäftige ich mich mit nichts anderem außer dem größten Wunsch, Julius und meine Liebe zu krönen, und Dodo berichtet mit einer derartigen Leichtigkeit, als wäre es das Natürlichste und Einfachste auf der ganzen Welt, ein Baby zu erwarten.

Meine Kehle war ausgetrocknet, mein Gesicht erstarrt und wenn ich an mein Verhalten denke, schäme ich mich noch immer. Die perfektionistische Barbara hatte nichts mehr unter Kontrolle. Ich nahm Dodo in den Arm und verschwand unter Tränen auf die Toilette. Ich war ein Beobachter meiner selbst geworden, ohne mir auch nur im Geringsten helfen zu können. Eingeschlossen in meiner Toilette, kreiselten mehr als tausend Gedanken durch meinen Kopf. Ich konnte mich für eine gefühlte Ewigkeit nicht mehr beruhigen.

Was für ein schrecklicher Mensch ich doch war. Da überbringt ein wundervoller Mensch eine wundervolle Nachricht, und ich hänge unkontrolliert unter Tränen an einem unschönen Ort, der Restauranttoilette, und traure meiner unerfüllten Sehnsucht nach. Wie furchtbar.

Was haben die letzten Wochen und Monate nur mit mir gemacht? Ich fühle mich so schlecht, denn ich mag diese verzweifelte Barbara nicht. Die nur noch sich und ihre kleine unerfüllte Welt sieht. Die vor lauter Verbohrtheit keinen Platz für andere hat. Die wie ein kleines bockiges Kind nicht verstehen kann, warum andere das haben können, was sie sich doch auch so sehr wünscht.

Es ist spät in der Nacht, ich kann nicht schlafen, fühle mich einsam und verloren, und das mit dem wundervollsten Mann an meiner Seite.

Liebes Tagebuch, ich werde mich jetzt in den Schlaf trauern und hoffen, dass morgen ein besserer wird.

Vorfreude auf Auszeit

Januar 2013
Liebes Tagebuch, mein unwirsches Verhalten an Dodos Verkündung hatte ich so gut es ging verdrängt. Habe mir bei unserer letzten Damenrunde nichts anmerken lassen, wurde von niemandem angesprochen und bin darüber sehr froh gewesen. Glaube, die anderen hatten diese ganze Situation gar nicht so sehr mitbekommen.

Weißt du – ich möchte mich für Dodo aufrichtig freuen. Ihr eine gute Freundin sein. Ich möchte ihr zuhören und wissen, wie es ihr geht. Julius und ich werden in genau zwei Monaten für eine Zeit lang vereisen, um von all dem ein bisschen Abstand zu gewinnen.

Muss dabei an ein Gespräch mit einer älteren Dame an der Supermarktkasse denken. Wir plauderten über Gott und die Welt. Ich erinnere mich auch gar nicht mehr an den genauen Zusammenhang, doch ihre Worte waren: »… wo auch immer Sie hingehen, Sie nehmen sich selbst mit. Der wahre Genuss bedeutet mit sich selbst im Reinen zu sein.« Die Frau hat recht, denn mit meinen trübsinnigen Gedanken schaffe ich es, den schönsten Ort dieser Erde zu einem wahren Graus werden zu lassen. Nichtsdestotrotz denken wir, ein wenig Abstand würde uns guttun.

Julius und ich haben uns in letzter Zeit sehr ausgiebig unterhalten. Das Thema Baby hatte seine Leichtigkeit verloren und stand vielmehr zwischen uns, als dass es uns vereinte. Jeder von uns hat seine Art und Weise, damit umzugehen. Ich denke, Julius unbewusst unterstellt zu haben, nicht im selben Maße darüber zu trauern. Dabei habe ich mich viel zu wichtig genommen und gar nicht bemerkt, dass er einfach nur den starken Part übernehmen wollte. Vielleicht auch einfach nur, um mich mit aufzufangen.

Unsere Gespräche nahmen unterschiedliche Dimensionen an. Von anfänglicher Wut über Trauer, und am Ende war es ein: »Wir schaffen das, lass uns nach vorne sehen und das Beste aus unserer Situation machen.«

Wir werden an die Südküste Afrikas reisen, entlang der Garden Route. Eine Tour, von der wir schon lange träumen. Wir haben uns lange keinen Urlaub mehr gegönnt. Höchstens mal ein verlängertes Wochenende zwischendurch. Unsere Jobs fordern einfach unwahrscheinlich viel Aufmerksamkeit. Es ist an der Zeit, uns selbst wieder einmal wichtig zu nehmen und unseren Trott zu verlassen.

Bin guter Dinge und stolz darauf, den Zug der Opfer Babsi abfahren zu lassen. Liebes Tagebuch, ich freue mich auf eine Auszeit.

Magischer Moment von Port Elisabeth

Februar/März 2013
Liebes Tagebuch, es ist einfach herrlich hier. Diese andere Welt hat mich in ihren Bann gezogen. Ich sitze an einer einsamen Bucht und lausche den Wellen des Meeres, auch wenn sie unterschiedlich stark aufschlagen, ein gewisser Rhythmus ist zu erkennen. Ein paar Möwen schwirren umher und der wohltuende Duft von Sonne, Meer und Strand erwärmen mein Gemüt. Ich genieße jeden einzelnen Moment. Eine Welle kommt und eine geht. Ich atme ein und atme aus. Ich nehme das Jetzt so an, wie es ist, und es ist voller Geborgenheit. Ich möchte dankbar sein und sehen, was ich habe, und nicht das, was ich nicht habe. Es wäre dem gegenüber, was ich liebe und schätze, nicht fair.

Ich möchte mich jeden einzelnen Tag daran erinnern, das IST so anzunehmen, wie es ist. Lass mich dem zuwenden, was mir das Leben schenkt. Ich bin mir sicher, dass es jeden Tag etwas für mich bereithält.

Die letzten Wochen und Monate ziehen an mir vorbei. Ich kann in diesem Moment eine Barbara mit Abstand betrachten. Eine, die sich in ihren vier Wänden eingesperrt hat. Eine, die nicht bereit war, die Tür auch nur einen Spalt weit zu öffnen. So war es nicht möglich,

Licht in ihr dunkles Kämmerlein fluten zu lassen. Sie konnte nicht anders. Vor lauter Dunkelheit hat sie die Orientierung verloren.

Es ist so, wie es war. Ich werde nun meinen Wunsch mit den Wellen des Meeres abschicken und mich von ihm lösen. Denn ich habe verstanden, dass es ein Wunsch ist, den ich mir wünschen darf, aber nicht bestimmen. Ich werde es abgeben und so nehmen, wie es ist. Liebes Leben, danke für diesen einzigartigen Moment.

Julius und ich sind uns auch wieder nähergekommen. Ich habe das Gefühl, dass wir an einem Strang ziehen und füreinander da sind. Danke.

Nun sei gespannt und hör gut zu …

17. Februar 2014
Du wirst nicht schlecht staunen, wenn ich dir nun von meinem weiteren Verlauf berichten werde. Sei gespannt und hör gut zu …

Kurz nach unserer Afrika-Reise war ich sehr gelöst. Ich hatte eine ganz neue Seite an mir entdeckt.

Habe erstmals in meinem Leben etwas wirklich abgegeben und dabei eine übernatürliche Kraft verspürt, die ich nicht wie sonst als Feind und Lebenszerstörer betrachtet habe, sondern vielmehr als eine, der ich vertrauen darf und die es gut mit mir meint. Der ich abgeben darf, wenn ich nicht mehr weiterkomme.

Diesen magischen Moment in Afrika habe ich immer und immer wieder versucht aufzurufen. Ganz besonders wenn mir der Alltag drohte, in ein schwarzes, düsteres Loch zu verfallen. Wenn mir strahlende Mütter mit fröhlichen Kindern entgegenliefen, und natürlich auch, wenn die Wochen vergingen und sich mal wieder nichts getan hatte. Es wäre gelogen zu sagen, dass ich dieser Leere immer entfliehen konnte, doch hat dieser magische Moment an der Küste Südafrikas irgendetwas mit mir gemacht.

Die Bestätigung meines inneren Wandels zeigte sich im Oktober auf einem Familienfest. Die kleine Schwester von Julius, Camil, hatte drei Wochen zuvor einen gesunden Jungen auf die Welt gebracht. Als sie ihn mitbrachte und stolz auf ihrem Arm herumzeigte, hatte ich erstmals das Gefühl, mein Schicksal mit Distanz betrachten zu können. Meine Gedanken, so ein Glück niemals nie herumzeigen zu können, machten mich traurig, aber es war in diesem Moment in Ordnung. Als hätte ich es akzeptiert.

Nach wie vor konnte uns kein Doktor dieser Erde eine Erklärung für unser kinderloses Dasein geben. Für mich fühlte es sich dennoch so an, als hätte jemand gesagt: »Für euch – in diesem Leben nicht mehr.«

Die kommenden Wochen stürzte ich mich zu 100 % in meine Arbeit. Wir hatten ein neues Großprojekt am Laufen und ich sollte erstmals die komplette Leitung alleine übernehmen. Gar keine so leichte Aufgabe als zierliche Frau in einer Männerdomäne. Doch ich hatte mich meiner Herausforderung gestellt und wollte der Welt beweisen, dass weiblich, brünett, zierlich und voller Tatendrang das Ding schon schaukeln wird. Ein Teil des Auftrags war in Mexiko zu erledigen und so musste ich viel hin und her reisen. Julius machte sich ein wenig Sorgen um mich, er hatte das Gefühl, ich wäre zu verbissen und würde nicht merken, dass mir das Ganze über den Kopf wachsen würde. In seinen Augen sah ich oft blass und mitgenommen aus. Doch im Leben nicht hätte ich mir das eingestanden. Diese Chance galt es nicht zu vermasseln.

Im Januar ist es dann passiert, ich bin während eines Meetings in Mexiko einfach zur Seite geknickt. Ein Schwächeanfall, den ich meinem Julius verschwieg. Mir wurde immer wieder schwarz vor Augen, sodass ich mich schnell hinsetzen musste, um nicht das Gleichgewicht zu verlieren. Ich fühlte mich generell oft matschig und unwohl. Julius bemerkte meine Probleme und machte sich große Sorgen.

Wenn ich ehrlich sein soll, war mir auch nicht mehr ganz wohl mit diesem Schwindel. Mein niedriger Blutdruck machte mir als Teenager schon zu schaffen, doch das war sehr lange her und nicht in diesem Ausmaß.

Ich erzählte Julius nun doch von meinem Schwächeanfall in Mexiko. Er fuhr mich ohne einen Moment lang zu zögern zu unserem Hausarzt Dr. Norbert. Auf dem Weg dorthin gingen mir sehr viele unschöne Dinge durch den Kopf. Kurz bevor ich die Praxis betrat, wollte ich am liebsten wieder nach Hause und dort auf meinen Tod warten. Ich war nun fest davon überzeugt, mich im schlimmsten Stadion einer Krebserkrankung zu befinden. Gehirntumor, Brustkrebs, wirklich alles schoss mir durch den Kopf. Stress hin oder her, das wäre nicht das erste Mal in meinem Leben, dass ich voller Arbeit steckte. Es musste eine schwerwiegende Krankheit sein. Ich hatte mich in den letzten 15 Minuten derartig reingesteigert, sodass mein ganzer Körper anfing zu zittern. Der Doktor merkte natürlich sofort, wie aufgeregt ich war. Er ist ein ausgesprochen ruhiger Mann, mit viel Feingefühl, und am meisten schätze ich seine Zeit, die er sich für seine Patienten bereit ist zu nehmen. Ja, er gehört zu den Menschen, die ihren Beruf lieben, das hat er mir zwar so noch nie gesagt, doch das merkt man einfach. Er wollte erst einmal ausführlich erfahren, wo, wie und wann meine Symptome auftreten. Dann begann er mit einem Rundum-Check-up: Abhören, Abtasten, Blutabnahme und einen Urinschnelltest.

Ich fragte, ob das jetzt ein Schwangerschaftstest sei. Er bejahte und ich erwiderte, dass wir doch keine Kinder bekommen könnten. Er ging gar nicht weiter darauf ein und meinte: »Sicher ist sicher.« Zu verlieren hatte ich nichts. Es hat mich nur alles sehr verwirrt. Denn meine Gedanken versteiften sich ja nun auf eine schwere Erkrankung. Ich gab meine Probe ab und sollte dann noch mal wieder im Behandlungszimmer Platz nehmen.

Meine Hände waren schweißgebadet und mein Kopf eine Explosion von wirren Gedanken. Mein Gehirn wusste gar nicht mehr, in welche Richtung es denken sollte. Wie kommt der denn jetzt aufs Schwangersein? Es dauerte gar nicht lange, da trat die Sprechstundengehilfin ein und flüsterte ihm irgendetwas ins Ohr. Dr. Norbert wartete, bis die Dame den Raum verließ, sah mich über seine auf der Nase sitzende silberne Brille an und sagte:

»Frau Klüse, ich weiß nicht, wie Sie darauf kommen, nicht schwanger werden zu können. Der Test sagt uns etwas ganz anderes.« Er fügte hinzu, dass Schwindel nicht selten zu frühzeitigen Schwangerschaftssymptomen gehöre.

Ich, Barbara Klüse, weiß das. Ich kenne die Liste aller Schwangerschaftssymptome auswendig: von Müdigkeitsanfällen, Brustspannen bis hin zu Schwindel, und trotzdem habe ich genau diesmal nicht eine Sekunde darüber nachgedacht. Hätte ich nicht auf dem Stuhl gesessen, wäre ich vermutlich umgefallen. Ich wollte unbedingt, dass Julius zu mir kommt, um die Vermutung von Dr. Norbert selbst zu hören. Ich war wie in Trance. Dachte, ich träume.

Julius konnte auch kaum glauben, was er da hörte. Wir verließen Hand in Hand die Praxis, waren beide verstummt und fuhren ohne zu zögern gleich weiter zu meiner Frauenärztin Dr. Sonnhild. Während Julius das Lenkrad hielt, streichelte er mir immer wieder über das Bein. Ich merkte, wie aufgeregt er war.

Auch im Wartezimmer konnten wir nicht voneinander lassen. Unsere klebrig nassen Hände waren eng miteinander verbunden. Wir sagten kein Wort, nur unsere Blicke kreuzten sich, mit einem strahlenden Lächeln und gleichzeitig einem zweifelnden, verunsicherten Blick. Jeder für sich arbeitete in seinem Hinterstübchen. Ich denke, Julius nicht so sehr wie ich. Denn in meinem Gedankenkarussell wirbelten hunderte Dinge umher. Von Familienidyll, Barbara mit Dickbauch (unwirkliche Vorstellung), Kindergeburtstag bis hin zu »Alles nur Fehlalarm«.

Wir waren nun endlich dran. Dieses Warten hatte etwas mit einer TV-Finalshow gleich. Da werden die Herzen der Finalisten auch immer auf die Folter gespannt. Gewinner oder nicht? Das ist hier die Frage. Frau Doktor nahm uns herzlich in Empfang und wollte erst einmal wissen, was uns auf dem Herzen lag. Wir erklärten ihr die Situation. Mit ihrer ruhigen, erfahrenen Art, kein bisschen euphorisch, sondern vielmehr sachlich, sagte sie ganz trocken: »Na, da wollen wir mal sehen.«

Mit ihrem Ultraschall blickte sie auf den Monitor und sah mich überrascht, freudig und gleichzeitig fragend an: »Frau Klüse, das müssen Sie mir jetzt erst einmal erklären. Sie müssten schon Anfang der zehnten Schwangerschaftswoche sein. Haben Sie denn gar nichts bemerkt?« Ich konnte und kann mir diese Situation selbst nicht erklären. Ich hatte viel Stress und mein Zyklus spielt dann bekanntlicherweise auch gerne mal verrückt, außerdem hatte ich das Thema Baby anscheinend erstmals stark verdrängt. Ich weiß es nicht. Ich merkte, wie mein Strahlen den ganzen Raum einnahm und Julius noch nicht ganz glauben konnte, was wir da gerade erfuhren. Er hatte auch dieses Funkeln in den Augen.

Auch Dr. Sonnhild legte ihre sachliche Art ab und freute sich sichtlich mit uns mit. Sie kannte ja nun unsere Geschichte. Gerade darum war sie so irritiert. Sie konnte nicht verstehen, wie es ausgerechnet mir passierte, nichts zu bemerken. Womöglich hätte ich länger nichts bemerkt, wenn ich keinen Schwindel verspürt hätte.

Sie beruhigte mich auch mit meinem Schwindel, erklärte mir, dass sich der Blutdruck dem schnell wachsenden Kreislauf anpassen müsse und eine jede Frau anders darauf reagiert. Ich könne es aber deutlich verbessern, indem ich viel trinke, für frische Luft und Bewegung sorge, regelmäßig einen Snack zu mir nehme und kleine Pausen einbaue. Eben all das, was ich in letzter Zeit kein bisschen beachtet habe. Nur Stress und an straffen Tagen wie in Mexiko nichts gegessen und getrunken. Bin also zuversichtlich und wohl der glücklichste Mensch auf dieser Welt.

Fortan war der 17. Februar auch der Tag meiner Weltveränderung. Wenngleich diese Veränderung schon viel früher begann …

Zur Mama

Die Tage nach der Baby-News

»Lass los«, klappt doch!

SSW 9 + 3

Liebes Tagebuch, sitze gerade auf meinem Sessel mit einem heißen Pot Tee in der Hand. Bin noch dabei, unsere News zu verarbeiten. Sonst saß ich dort gerne mit einem Gläschen Wein ... Das waren auch eines meiner ersten Schreckgedanken. Glücklicherweise konnte ich feststellen, das ich dank Unwohlsein und Arbeitspensum nichts getrunken hatte. Ganz zu Anfang vielleicht ein Gläschen Weinschorle, das laut Dr. Sonnhild dem »Alles-oder-nichts-Prinzip« unterliegt. Ehrlich gesagt weiß ich gar nicht, was das ganz genau bedeutet. Wahrscheinlich, wenn es das nicht ausgehalten hätte, schon längst gegangen wäre. Sie konnte mich jedenfalls beruhigen, und eines ist klar: Die ersten drei kritischen Monate müssen wir erst einmal hinter uns bringen.

Der 17. Februar 2014 geht jedenfalls in die Geschichte der Barbara Klüse ein. Es war der verrückteste Wintertag meines Lebens und hat mir gezeigt, wie schnell sich die Dinge ändern können. Mein Tag begann so leblos. Ich war der Überzeugung, mein Leben würde eine dramatische Wende nehmen, und sah mich schon mit Kopftuch durch die Gegend laufen. Ich habe mir auf der Fahrt zu Dr. Norberts Praxis eingeredet, alles Mögliche zu unternehmen, um den Kampf gegen den Krebs zu besiegen. Kurze Zeit später habe ich die Praxis als die glücklichste Frau dieser Erde verlassen.

Wenn man so möchte, habe ich das Bild als Malerin meines Lebens schwarz gemalt. Doch dann kam alles anders und aus einem düsteren Aushang wurde ein buntes, lebendiges und fröhliches Gemälde.

Ist das nicht der absolute Wahnsinn? Es hat mir gezeigt, wie nah Leid und Glück aneinanderliegen. Wie aus Tod Lebendigkeit wird und manche Dinge tatsächlich erst dann geschehen, wenn man sie vollständig aufgegeben hat.

Früher habe ich Leute belächelt, wenn sie mich darüber belehren wollten, »die Dinge *einfach* mal loszulassen«. Dachte vielmehr, das sei der beknackteste Ratschlag der Welt.

Wenn mir jemand sagt, ich solle nicht an pinke Schafe denken, denke ich nur noch an pinke Schafe, und genau so ist es auch mit dem Loslassen. Ich beschäftige mich nur noch mit dem »Loslassen«, damit es endlich geschieht. Das ist Selbstbetrug und am Ende nur frustrierend. Ich bin der festen Überzeugung, dass dieses »Loslassen«, über das es ganze Bücher gibt, ein Prozess ist, der seine Zeit braucht. Erst dann, wenn man die Dinge so akzeptiert, wie sie sind, und ihnen ein Stück weit vertraut, gibt man dem Zauber erst eine Chance zu geschehen. Anderweitig ersticke ich ihn eher vor lauter »HABEN WOLLEN«.

Puh, wenn ich mich selbst so reden höre, bin ich förmlich erstaunt. Liebes Tagebuch, und ich schwöre dir, derjenige, der diese Erfahrung noch nicht gemacht hat, wird wieder denken: »Beknackter Tipp. Die redet vom hohen Ross. Ihr Wunsch ist ja nun auch in Erfüllung gegangen.« Ja, ist er! Dennoch gab es eine lange Durststrecke und ich weiß, wovon ich rede, wenn es um Machtlosigkeit geht.

Frage mich gerade, was meine Kollegen und Geschäftspartner denken würden, wenn sie all diese Zeilen lesen würden. Sie kennen immer nur diese starke Frau und erahnen ganz bestimmt nicht eine derart sensible Seite und, wenn man so möchte, auch philosophische Ader.

Ja, ich würde sagen, ein Teil von mir ist kompromisslos und kämpferisch. In dem anderen schlummert ein verletzliches Mädchen, das wie Julia Roberts in ihrem Film NOTTING HILL so schön sagt: »… einfach nur geliebt werden möchte.« Das werde ich, denn meinen großen starken Mann habe ich gefunden. Wer uns nicht kennt, denkt vielleicht, ich hätte gewaltig »die Hosen an«. Aber nein, das habe ich nicht. Ich liebe es die Frau von Herrn Klüse zu sein, und wenn es darauf ankommt, hat Julius das Sagen. Irgendwie macht mir dieses Gefühl, alles ist so perfekt, schon wieder Angst.

Meine große Liebe und ein Baby in mir. Es ist genau das eingetreten, wovon wir geträumt haben. Alles fühlt sich so unwirklich an. Ich sehe zu meinem Bauch hinab und rein gar nichts ist zu erkennen. Da drin soll ein Menschenleben heranwachsen, das eines Tages geboren wird und unser Fleisch und Blut sein wird. Es wird sein eigenes Leben haben und seine eigene Geschichte schreiben. Das klingt alles verrückt.

Was, wenn doch gleich wieder alles vorbei sein wird?

Wenn uns dieses klitzekleine Wunder wieder verlassen möchte? Immerhin befinden wir uns noch in einer sehr kritischen Phase. Dieser Gedanke macht mich ganz schwermütig. In mir ein Wechselbad der Gefühle. Von großen Träumereien, einer eigenen kleinen Familie und der tiefe Respekt vor übernatürlichen Kräften, die ihre ganz eigenen Regeln spielen.

Platze vor Glück

SSW 9 + 4

Liebes Tagebuch, nur ganz kurz. Ich, Barbara Hermina Klüse, bin schwanger. Ja! Du hast richtig gehört. Ich bin schwanger. Ich – nein, wir erwarten ein Baby. Julius und ich. Ja, ganz wirklich. Ich muss es kurz schreiben. Ich kann einfach nicht glauben, das es wirklich geschehen ist. Ein Herzlein unter meinem soll schlagen und in mir heranwachsen, zu einem Menschenkind, und ich werde es auf die Welt bringen und seine Mutter sein. Ich bin unsagbar stolz auf das, was in mir ist. Sitze gerade auf meinem Bürostuhl und muss meine Freude mitteilen, ansonsten platze ich vor Glück. Noch weiß es ja kein anderer. Fühle mich gerade wie ein kleines kicherndes Kindlein, das sich gar nicht mehr einkriegt. Merke, wie meine Lippen Richtung Ohren ziehen und ich es nicht unterdrücken kann. Darf über ein eigenes Büro verfügen, allerdings ist es von Glasscheiben umgeben, und wer hier vorbeizieht, könnte durchaus mein wild gewordenes Lächeln sehen.

Habe ich dir eigentlich schon erzählt, dass ich googeln musste, was »SSW« heißt, und ich mir ganz schön doof vorkam, als ich las: »Schwangerschaftswoche«. Hahahahah! So was aber auch. Scheint, als müsste man in dieses MAMA-BUSINESS erst mal reinwachsen.

Weißt du eigentlich, dass ich es kein bisschen mehr erwarten kann, wieder bei Frau Dr. Sonnhild auf der Matte zu stehen, um in diesen Monitor zu glotzen, der mir nichts sagt, aber mich bombe fühlen lässt. Dass ich einen Mutterpass ausgehändigt bekomme, der mich in den Club der Mamis aufnimmt, und wieder ein neues Bildchen ausgehändigt bekomme, das ich jede freie Minute analysieren werde. Mein jetziges habe ich in der kleinen Seitentasche (mit Reißverschluss) meines Notebook. Fühle mich gerade mindestens so groß wie eine Königin. Weiß gar nicht, wie ich mich besinnen soll, um normal weiterzuarbeiten. Kann nur noch an »BABY« denken. Echt crazy. Verspüre permanent und immer Appetit. Als hätte irgendjemand in mir einen Schalter von 0 auf 100 gedreht. Merke, wie viel besser ich mich fühle mit regelmäßigen Snacks, viel Wasser und dem Wissen, mit mir einen Zauber herumzutragen. Finde es so abgefahren, wie ich mit einem Mal meine Symptome zuordnen kann und wie beruhigend das ist. Immerhin dachte ich, es schlummert Ungutes in mir.

Mein Projekt wird in den kommenden Wochen auch ruhiger werden und voraussichtlich werde ich nur noch ein Mal nach Mexiko reisen müssen. Ich werde gut auf mich aufpassen und alles, so gut es geht, zum Ende bringen. Mein Chef darf nichts erahnen. Denn eines

ist sicher, er wird sich nicht freuen. Oh, er kommt!
Adieu.

Baby-Erdbeere regiert die Welt

SSW 9 + 5

Liebes Tagebuch, es ist noch kleiner als eine Baby-Erd-
beere, man merkt es nicht und trotzdem hat es das Leben
von Julius und Barbara auf den Kopf gestellt. Seit dem
17. Februar dreht sich alles um mein Zentrum Bauch.
Er wird befummelt und besprochen. Ich bestaune ihn
mehrmals am Tag, um nachzusehen, ob er vielleicht
doch von den frühen Morgenstunden bis zum Abend
meiner Heimkehr ein wenig gewachsen ist. Während
meiner Bürozeit laufe ich häufiger zur Toilette, um mein
geliebtes Geheimnis anzugrinsen und ihm wortlos einen
guten Mittag zu wünschen. Diese kleine Erdbeere hat es
tatsächlich geschafft, dass Barbara Klüse schon morgens
an Sahnetorte denkt und nur wenig Sinn für Schreib-
tischarbeit aufbringen kann. Mehrmals am Tag würde
ich am liebsten durch unser riesiges Bürogebäude flitzen,
einem jeden von meinem kleinen Erdbeerschatz berichten und meinem Chef mitteilen, dass ich zukünftig doch
viel lieber kleinere Aufgaben übernehmen möchte. Er
würde mich vermutlich fragen, ob ich noch alle Tassen
im Schrank hätte.

Seit Monaten kämpfe ich für die alleinige Verantwortung des Großprojekts und dann will ich von heute
auf morgen nichts mehr davon wissen. Ich weiß noch

nicht, wie ich es meinem Chef, Dr. Steinberger, mitteilen werde, aber ganz sicher gut überlegt. Der Gedanke daran stresst mich und ich werde es erst einmal verdrängen. Denn eines ist sicher, er ist nicht der Typ Mensch, der vor Freude in die Luft springen wird. Er kennt nur eine Seite von mir, und das ist die Frau-Business-Seite ohne Wenn und Aber. Eine hundertprozentig dem Unternehmen orientierte Seite, die mit absoluter Flexibilität einhergeht. Die für das Unternehmen lebt und alles andere hintenanstellt. Dieses kleine Herz, mit großen Sehnsüchten eine Familie zu werden, existiert da nicht.

Es ist ein Stück weit erschreckend, dass ich die meiste Zeit meines Lebens im Büro oder auf Geschäftsreisen verbringe, natürlich viel mit Dr. Steinberger, und er nichts, aber auch gar nichts von der anderen Seite kennt. Vielleicht kenne ich von ihm genauso wenig wie er von mir. Vielleicht hat bei ihm zu Hause die Frau die Hosen an. Bei einem Mann wie ihm, wo man es so gar nicht vermuten würde. Vielleicht ist er auch ein Mann mit Geheimnissen. Vielleicht ist er ein Charmeur, der seine Frau hofiert und bekocht, eine Massage verabreicht oder doch noch abends eine Geliebte besucht. Vielleicht sammelt er Steine oder singt unter der Dusche. Genauso wenig wie ich mich das all die Jahre gefragt habe, wird auch er eine Barbara Klüse nicht weiter hinterfragt haben. Er will von mir gute Arbeit sehen, und ich meine sagen zu können, dass er das bisher immer konnte. Ich habe gepowert, und seit ich weiß, ein Leben in mir zu tragen, fühle ich mich wie ausgewechselt.

Will Rücksicht auf mich nehmen, all den Stress reduzieren, um es gesund heranwachsen zu lassen. Wahrscheinlich sind meine Gedanken übertrieben vorsichtig. Ich möchte auch nicht eine von diesen Schwangeren sein, die neun Monate so leben, als seien sie krank, doch trage ich Ängste in mir, das zu verlieren, was mir alles bedeutet. Wahrscheinlich sind diese Ängste in der Anfangszeit ganz normal. Vielleicht begleiten sie einen die ganze Schwangerschaft über oder gar ein ganzes Leben. Vielleicht ist das erst der Beginn einer »Forever-ich-mache-mir-Sorgen-um-dich-Zeit«. Denke dabei an meine liebe Mutter. So ist es heute noch Pflichtprogramm, mich bei ihr wieder zurückzumelden, wenn ich auf einer Geschäftsreise war. Neulich hat sie mich mitten in der Nacht angerufen, weil sie sichergehen musste, dass ich heil gelandet bin. Eigentlich ist sie eine ziemlich entspannte Person, aber nicht, wenn es um mich – ihre 35 Jahre alte Tochter – geht.

Oh mein Gott – ich erahne jetzt schon, dieses Sorge-Gen in mir zu tragen. Diese Floskel, man wird mal so wie die eigene Mutter, ist wohl wahr. Im Großen und Ganzen finde ich meine Mutter ziemlich toll, so wie sie ist, das heißt aber noch lange nicht, dass ich so werden möchte wie sie.

Schwangerschaftsallüren

SSW 9 + 7
Liebes Tagebuch, es ist noch recht früh am Morgen und ich warte hier in einem sehr netten Café auf mein erstes Meeting.

Könnte dir permanent und immer schreiben, weil ich es einfach noch immer nicht fassen kann. Schon gar nicht, dass ausgerechnet ich nichts erahnt habe. Ich – die ich all die Zeit vorher, schon bei den kleinsten Anzeichen, schwanger zu sein, bis zu drei Tests durchgeführt habe. Natürlich bis dato nur Einbildung. Jetzt aber ist da schon etwas in mir, mit eigenem Herzschlag. Es ist alles so unwirklich. Meine Gefühle und mein Wesen scheinen Purzelbäume zu schlagen. Als hätte Frau Dr. Sonnhild gesagt: Nun lassen Sie alle Schwangerschaftsallüren heraus, die sie so sehr unterdrückt haben.

Ich habe permanent Appetit. Bin mit mir äußerst großzügig. Immerhin zeigt die Uhr gerade einmal 07:45 Uhr und mich grinst ein üppiges Stück Mohnkuchen mit Sahne an. Es sei dazu gesagt, dass ich meine Tage sonst mit einem grünen Smoothie gestartet habe. Süßkram war absolut tabu. Abends verspüre ich auch kein bisschen Lust auf meine Joggingrunde. Ganz im Gegenteil. Mir ist viel mehr nach Faulsein, auf dem Sofa lümmeln und in sämtlichen Schwangerschaftsforen herumstöbern. Da gibt es ja zig Seiten über jede Schwangerschaftswoche und seine Inhalte. Ich lese sie mehrmals durch und lese immer wieder Neues. Das kann auch so bleiben, doch ich hoffe sehr, dass sich meine Großzügigkeit, was das Naschen angeht, schnell wieder einstellt, sonst werde ich in ein paar Monaten explodieren.

Vielleicht bin ich auch einfach nur so, weil ich mich selbst erst mal verstehen muss. Realisieren muss, dass etwas in mir vor sich geht. Habe die Woche schon dreimal geheult. Wegen nichts. Einmal davon lief im TV eine

Doku über ein Teenie-Pärchen, das Zwillinge erwartete. Es hat mich dermaßen aufgewühlt, dass ich ordentlich Tränchen lassen musste. Diese Geburtsszene konnte ich mir auch nur ansehen, weil es für mich selbst noch so weit entfernt ist. Habe mich in der Werbepause mit einem Kissen unterm Shirt vor den Spiegel gestellt und hochschwanger gespielt. Ja, es arbeitet in mir. Sehr sogar!

Hatte die Tage aber auch komische Erlebnisse. Lilly, eine sehr liebe Mitarbeiterin, kam mit ihrem kleinen Sohn Oskar (11 Wochen) vorbei und »drückte« ihn mir, ganz stolz und ohne zu fragen, in die Arme. Ich verspürte riesige Unsicherheit und wollte ihn am liebsten so schnell wie möglich wieder loswerden. Wusste gar nicht, wie ich ihn halten sollte, und mir wurde richtig warm. Ich mag es einfach nicht, Schwäche zu zeigen. Meine Rettung, Dian, Dr. Steinbergers Chefsekretärin, kam hereingestürmt und wollte ihn gleich an sich reisen. Sie selbst ist kinderlos. Dennoch ausgestattet mit einem mütterlichen Selbstbewusstsein wie Grand Mama. Ich meine das kein bisschen abwertend. Sie ist wirklich toll. Na ja, jedenfalls saß ich kurze Zeit später auf meinem Bürostuhl und zweifelte an meinen mütterlichen Gefühlen. Er war sehr süß, doch mich überkam keineswegs ein sonderliches Muttergefühl und meine Laune fiel in den Keller. Wollte für einen Moment das Muttersein an den Nagel hängen. Dachte, ich sei doch die bessere Geschäftsfrau und als liebende Mama ungeeignet. Abends hatte ich dann schon wieder ganz andere Gefühle. So ein Schwangerschaftsforum kann doch auch wieder sehr hilfreich sein. Zu lesen, dass es anderen nicht anders erging und sie trotzdem liebende Mütter geworden sind, hat mich sehr beruhigt. Wusste gar nicht, wie unsicher mich das alles fühlen lassen kann.

Kann es kaum erwarten, Dr. Sonnhild wieder zu besuchen. Am liebsten wäre ich ihr Dauergast, würde mir meinen kleinen Schmetterling permanent und immer auf dem Monitor ansehen und wissen, dass es ihm gut geht. Muss noch ein bisschen geduldig sein ...

Bei unserem nächsten Besuch sollen wir ihr dann mitteilen, ob wir eine Nackenfaltenmessung durchführen lassen möchten. Diese wird immer zwischen der 11. und 14. Woche durchgeführt und liefert einen Wahrscheinlichkeitswert einer eventuell auftretenden Chromosomenabweichung. Im Klartext deutet es auf eine Behinderung des Babys hin. Der Wert kann auch bei gesunden Babys erhöht sein. Ich würde mich den Rest der Schwangerschaft verrückt machen und am Ende würde es nichts ändern. Julius und ich haben uns in den letzten Tagen sehr lange Gedanken darüber gemacht. Irgendwie ist das schon alles seltsam. Da sitzen wir bei Frau Doktor, erfahren in dem einen Moment, unser größtes Geschenk an Board zu tragen, und in dem nächsten sollen wir uns über mögliche Untersuchungen mit großen Auswirkungen Gedanken machen. Es ist gut, dass es diese Möglichkeiten gibt, und ein jeder sollte das ganz für sich alleine entscheiden. Doch wir sind zu dem Entschluss gekommen, dass es für uns nichts ändern würde. Besser gesagt, das Einzige, was es mit sich bringen würde, wären Angst und Schrecken für die restlichen Monate. Denn wir fragten uns, was wäre, wenn ...

Wir waren uns beide einig, keine Konsequenzen auf uns nehmen zu können. Ich versuche all das auszublenden und zu verdrängen und mich auf ein gesundes Kind zu freuen. Es ist schon erstaunlich, wie anders ich sein kann. Denn diese Art hat mit meiner sonst so perfektionistisch- en Ader nichts am Hut. Ganz tief in meinem Inneren weiß ich, dass ich bei solchen Auswirkungen an meine Grenzen stoßen würde und das Leben da seine ganz eigenen Regeln spielt.

Freue mich sehr auf Dr. Sonnhild und ignoriere diesen kleinen begleitenden Schatten, der diese Ungewissheit in sich trägt, ob auch alles in Ordnung ist.

3. Monat/9.–12. Woche

Bin ich eine Erdmutterflugzeugmaschine?

SSW 10 + 0

Liebes Tagebuch, frage mich gerade: Wer mag dieses kleine Wesen nur sein, das es sich da in meiner kleinen Schatztruhe so gemütlich gemacht hat? Höchstwahrscheinlich ein sehr entspanntes kleines Geschöpf, immerhin hat es über zwei Jahre auf sich warten lassen. Ist es nicht seltsam, dass es sich erst dann aufgemacht hat, als ich es gar nicht mehr für möglich gehalten habe? Wer hat es nur versandt und wer hat es ausgerechnet an uns adressiert? War es vor Kurzem vielleicht noch ein Engelein des Himmelreichs – so wie wir alle einmal? Haben wir uns vielleicht vor langer Zeit verabschieden müssen, geweint und uns versprochen, uns eines Tages auf Erden wieder zu treffen? Vielleicht ist die Versendung eines Engels auf Erden vergleichbar mit einem Langstreckenflug. Vielleicht sind wir Mütter eine Art Erdmutterflugzeugmaschine, die das Englein zum Menschenwesen heranwachsen lässt, um eines Tages das Licht der Welt erblicken zu können.

Ich frage mich, warum ich nur so lange auf meinen Passagier habe warten müssen. Wer bestimmt den richtigen Zeitpunkt? Gibt es da oben vielleicht gar keinen straffen Zeitplan, so wie bei uns, sondern vielmehr einen richtigen Augenblick?

Wenn ich an unseren Luftverkehr denke, ist es auch nicht ausreichend, wenn ein Flugzeug zum Abflug bereit steht. Es braucht auch Passagiere, die bereit sind, in die Ferne zu fliegen. Wer schon einmal weit gereist ist, der weiß, dass das sehr anstrengend sein kann, und manch einer von uns wird niemals nie weit reisen, auch wenn er noch so gerne wollte, weil seine Angst ihn immer davon abhalten würde. Ist das mit manchen Engeln des Himmelreichs vielleicht ähnlich? Stehen sie vielleicht vor diesem Flugzeug, das ihnen erlaubt, diese Reise auf Erden anzutreten, und wagen es einfach nur nicht hineinzusteigen? Sind wir Menschen die mutigen Passagiere des Himmelreichs?

Vielleicht ist es sinnlos, sich darüber Gedanken zu machen, vielleicht aber auch nicht. Eine wissenschaftliche Studie wird es dazu nicht geben. Besondere und sehr innige Gefühle begleiten mich diese Tage, und wenn ich nicht viel weiß, doch weiß ich, dass in mir gerade ein Wunder heranwächst. Barbara auf dem philosophischen Pfad.

Möchte COOL sein, bin es aber nicht

SSW 10 + 5
Liebes Tagebuch, dieses Schwangersein ist so unglaublich aufregend. Kein Tag vergeht, an dem ich nicht in irgendwelchen Foren herumstöbere und sämtliche Erfahrungsberichte zu jeder einzelnen Schwangerschaftswoche interessiert durchlese. Außerdem bestaune ich Fotos von dicken Bäuchen und suche in Klatschzeitungen nach Stars, die ebenfalls ein Wunder mit sich herum-

tragen. Sie interessieren mich brennend. Alle Schwangeren interessieren mich. Alle – aber auch wirklich alle und auch alles drum herum. Das würde ich natürlich niemals nie zugeben. Denn ich möchte lieber so eine coole Schwangere sein, die nicht so übervorsichtig und überschwanger tut. Eine, die nur noch über Babykram spricht und keine anderen Themen mehr kennt. Konnte schon früher solche Überschwangeren nicht ausstehen. Ich dachte dann immer, die sollen sich nicht so anstellen, immerhin haben schon Millionen Frauen vor ihnen ein Baby geboren. Zu diesem Zeitpunkt war mir noch nicht klar, dass man hier mit zweierlei Maß misst. Während die eigene Schwangerschaft ALLES BEDEUTET, ist die einer anderen das Normalste auf der ganzen Welt. Ich fand diese Schwangeren, die vor jedem Zigarettenqualm in Panik verfallen und kein Einkaufstäschchen über 500 Gramm mehr in die Hand nehmen wollen, absolut furchtbar.

Das Schlimme daran ist, wenn ich ganz ehrlich zu mir selbst bin, weiß ich, vielmehr zu denjenigen zu gehören, die genau so sind wie beschrieben. Eigentlich passt das so gar nicht in das Bild der Barbara Klüse, die ich bisher zu sein schien. Eine, die große und kleine Aufgaben mit Ruhe und Gelassenheit bewältigt, ein Kind nebenbei austrägt und vielmehr zu den harten Mädchen dieser Welt gehört.

Aber nein, erst gestern zog der Qualm einer Zigarette in mein Näschen und am liebsten hätte ich diesen rücksichtslosen Mann angeschrien. Ich möchte keinen zu anstrengenden sportlichen Aktivitäten mehr nachgehen, und wenn ich ehrlich sein soll, ist mir auch so gar nicht nach »Zu-schwer-Tragen« zumute. Während meines Arbeitsalltags denke ich häufiger darüber nach, ob dieser Stress, dem ich meinen Kleinen aussetze, auch keinen Schaden anrichtet, und außer Baby und schwanger interessiert mich nicht mehr sonderlich viel.

Liebes Tagebuch, das sind ganz ehrliche und sehr vertrauenswürdige Worte. Ich würde das niemals nie kommunizieren, denn ich denke, manch einen vor den Kopf zu stoßen. Mein Bild würde so sehr ins Wanken geraten, dass ich es womöglich nie wieder geraderichten könnte.

Frage mich übrigens, wie ich in ein paar Monaten aussehen werde. Bisher scheine ich nicht der Schwangerschaftsschönheit zu verfallen. Über meine ganze Stirn breiten sich kleine Pickelchen aus. Sie sind zwar nicht rot entzündet, doch sieht man ins Licht, ähneln sie einem Streuselkuchen. Das ist für meine sonst so porenfeine Haut sehr auffallend. Außerdem sind da klitzekleine braune Fleckchen um meine Nase herum. Meine liebe Freundin Dodo hat mich gestern schon gefragt, ob ich auf irgendetwas allergisch reagieren würde – sie hätte es noch nicht einmal erlebt, dass ich einen Pickel gehabt hätte. Ich habe ihre Vermutung einfach bestätigt und behauptet, neuerdings auf Erdbeere zu reagieren. Habe mich über diese Problematik natürlich schon im Forum informiert.

Die Pickelchen können durch die Hormonveränderung auftreten und diese braunen Pünktchen haben etwas mit dem Hautbräunungsstoff Melanin zu tun. Er scheint nicht mehr so zu arbeiten, wie er soll, und macht komische Sachen in meinem Gesicht. Die können auch noch deutlicher werden (OH SCHRECK!!!). Laut Forum gehen sie bei den Meisten nach der Schwangerschaft wieder weg. Ich bin so froh, wenn dieses Versteckspiel endlich ein Ende hat. Wenn meine Umgebung für ausgiebige Naschattacken, Flecken im Gesicht und einen schonungslos heraushängenden Bauch Verständnis hat. Irgendwie hat es sich komisch angefühlt, Dodo nicht die Wahrheit zu erzählen. Wir schweben zwischen »In-die-Welt-Hinausschreien« und »Angst vor einem AUS unseres Familienglücks«. Vielleicht wären wir nicht so übervorsichtig, wenn diese Vorgeschichte nicht ein tiefsitzender Bestandteil unserer Beziehung gewesen wäre. Wenn wir nicht schon an dem Punkt gewesen wären, es nie werden zu dürfen – eine eigene FAMILIE! Wenn bei unserer nächsten Untersuchung alles gut ist, werden wir es bald unseren Liebsten erzählen. Der Gedanke daran macht mich schon jetzt ganz hibbelig (vor Freude). Gehe jetzt glücklich zu Bett und werde mir ausmalen, wie wir unsere süße Überraschung überbringen könnten.

So schön wie Kindergeburtstag

SSW 11 + 3
Liebes Tagebuch, heute war ein ganz besonders toller Tag. Wie du weißt, konnte ich den Besuch zu Dr. Sonnhild kaum abwarten.

Als ich abends zu Bett ging, hatte ich ein ähnliches Gefühl wie damals vor meinen Kindergeburtstagen. Ich war jedes Mal vor Freude so aufgeregt, dass ich die Nacht am liebsten übersprungen hätte. Es ist ein schönes, vertrautes Gefühl. Schon witzig, wie sich die Wünsche und Sehnsüchte im Laufe des Lebens ändern und dennoch diese tiefen Gefühle von Glück und manches Mal auch von Trauer dieselben bleiben. Vor vielen Jahren war es die Geburtstagsatmosphäre und heute ist es ein Blick auf den Monitor unseres ungeborenen Babys. Ich denke gerade darüber nach, was es nur war, das mich die Geburtstage in solch warme Erinnerungen fallen lässt. War es der bunt verzierte Kuchen, das Geburtstagslied meiner Familie, die Geschenke, das wilde Knipsen mit dem Fotoapparat um mich herum, waren es die anderen Kinder oder etwa – das alles dreht sich um mich und meine Barbara-Welt? Ich weiß es nicht so recht. Es ist jedenfalls ein buntes, warmes und schönes Gefühl gewesen, das noch immer voller Wärme nachklingt.

Möchte nicht zu sehr abschweifen und dir lieber von dem wohltuenden Rauschen seines kleinen Herzens berichten. Ich spreche von wohltuend, denn irgendwie fiel ein Stück weit Druck von meiner Brust, als ich wieder dieses Rauschen gehört habe und Dr. Sonnhilds zufriedenen Gesichtsausdruck beobachten konnte. Es war wie Balsam für meine Seele, zu hören, als Frau Doktor sagte, dass alles in bester Ordnung sei. Finde die Vorstellung, dass dieses kleine Herz bis ans Ende seines Lebens schlagen wird, verrückt. Dieses kleine Würmchen, mit diesem riesigen Kopf, kleinen Ärmchen und Beinchen, wird vielleicht eines Tages ein Basketballspieler oder der größte Mann der Welt. Nicht sehr wahrscheinlich, denn Julius und ich sind nicht besonders klein, aber weisen auch keine überdurchschnittlichen Tendenzen auf. Vielleicht wird es eine Primaballerina oder eine Madame, die burschikosen Vorlieben nachgeht, wie Wrestling oder Bodybuilding. Es macht so viel Spaß, darüber nachzudenken. An manchen Tagen male ich mir alles blau aus und an manchen alles in Rosa. Stelle mir vor, mit einem Mädchen an der Hand herumzulaufen und dann wieder mit einem Jungen auf dem Boden hin und her zu kullern. Dr. Sonnhild konnte noch keine Vermutung aufstellen und fragte mich nach meinem geheimen Wunsch. Es gibt ihn derzeit noch nicht. Ich bin noch zu sehr von der Tatsache geflasht, dass ich überhaupt schwanger bin. Wahrscheinlich sehne ich mich wie alle werdenden Eltern einfach »NUR« nach einem gesunden Kind. Habe dieses kleine Ultraschallbild vor mir liegen und bestaune es. Wie ich finde, kann man es diesmal ganz gut erkennen, und desto mehr ich es ansehe, desto wahnsinniger ist der Gedanke daran, dass es in mir wächst.

Seit heute bin ich übrigens eine mit Pass ausgestattete Mutter. So ein Mutterpass hat eine wunderbare Wirkung auf dieses Schwangersein. Ich finde, man fühlt sich dadurch noch viel mehr schwanger. Als hätte man ein öffentlich angesehenes Zertifikat zum Mutterwerden in der Hand. Es hat mich schon ein wenig stolz gemacht, es in meine Tasche zu packen. Weniger stolz hat mich der Eintrag meines Gewichts gemacht. Die Tabelle »GE-WICHT« wird ein spannender Teil. Habe nicht verstanden, wieso da 2,1 kg+ notiert wurde. Dachte erst, es läge an der Kleidung, wobei ich freundlich darauf hingewiesen wurde, dass sie bereits1 kg abgezogen hätten. Mein Every-day-Gewicht liegt bei ungefähr 60 kg. Dabei bin ich gar nicht mal so klein mit meinen 1,71 cm. Jetzt stehen da 62,1 kg? Wie kann das sein, wenn das Baby vielleicht gerade einmal 7 g wiegt? Finde das ein wenig frustrierend und habe mir fest vorgenommen, das alles schnell wieder in den Griff zu bekommen.

Möchte mich davon jetzt nicht weiter beirren lassen und mich vielmehr darüber freuen, dass alles GUT ist. Werde meine Verkündungszeremonie gedanklich weiter ausarbeiten. UIIIIII, ist das alles aufregend! Barbara in love.

Von wegen SCHÖN schwanger

SSW 12 + 1

Liebes Tagebuch, stand gerade vor dem Vergrößerungsspiegel. Das war keine gute Idee. Mein Gesicht und jetzt auch noch inklusive Dekolleté sind von diesen kleinen fiesen Pickelchen übersät. Gerade scheint alles ein bisschen durcheinander zu sein.

Sogar meinen gestrigen Ausflug im Einkaufszentrum musste ich nach wenigen Minuten abbrechen. Ein Gesamtkunstwerk vieler Gerüche: Schweiß, Parfüm, Fettgerüchen und Nagellackentferner vom Asiastudio haben mich überflutet und fast übergeben lassen. Wenn ich im Auto als Beifahrerin sitze, wird mir neuerdings übel und meine geliebte Currypfanne ekelt mich an. Julius hat es gut mit mir gemeint und mein Lieblings-Vanille-Karamell-Eis mitgebracht. Ich hätte es ihm am liebsten um die Ohren gehauen. Aus dem Nichts wurde ich wütig wegen einer Kugel Eis. Kannst du dir das vorstellen? Was heißt wegen einer Kugel Eis? Es war die falsche Kugel Eis. Er hätte mich fragen müssen und nicht einfach was mitbringen …

Julius ist eigentlich ein sehr verständnisvoller Mann. Doch das war ihm dann doch eine Nummer zu viel. Ohne ein Wort zu sagen, packte er das Eis in den Gefrierschrank, nahm seine Laufschuhe und ging eine Runde joggen. Währenddessen überkam mich eine intensive Heulattacke, in der ich mein ganzes Leben und Dasein in Frage stellte. Als er wiederkam, tat mir alles furchtbar leid und ich entschuldigte mich.

Verstehe nicht, was Schwangerschaft mit Wohlbefinden, Schönheit und Ausgeglichenheit zu tun haben soll. Das habe ich mir in jener Zeit ausgemalt, als ich noch glaubte, im Leben nicht Mama werden zu dürfen. Ist schon ein Ding, wie sorgenfrei und märchenhaft man sich immer die Ereignisse ausmalt, die man nie zu erreichen scheint. Meine Mutter meinte einmal, dass es gut und richtig ist, wenn Träume Träume bleiben. Ein manches Mal sei es viel besser und schöner, wenn sie geträumt werden. Früher habe ich nie verstanden, was sie damit meinte, und jetzt in diesem Moment frage ich mich, ob sie genau das damit gemeint hat. In der Realität sieht nämlich immer alles anders aus.

Würde einer meine Zeilen lesen, würde er vermutlich denken, ich würde meine Schwangerschaft bereuen. Im Leben nicht. Ich bin nur wieder um eine Erkenntnis reicher – dass Vorstellung und Realität nur selten etwas gemeinsam haben. Die einst ausgemalt schwangere Barbara, leichtfüßig und mit Apfelbäckchen verziert, hat mit der Wahrheit nichts am Hut. Pah, und wenn ich schon mal am Meckern bin, frisch und voller Lebensgeister bin ich schon dreimal nicht. Jede freie Minute gammle ich auf dem Sofa herum und könnte in einen Bärenwinterschlaf fallen. Diese Müdigkeit nervt und erhascht mich zu den ungünstigsten Zeiten.

Habe außerdem das Gefühl, in den letzten fünf Tagen noch mal 1 kg zugenommen zu haben (werde einen Teufel tun, auf die Waage zu gehen). Nach Frau Dr. Sonnhilds Besuch hatte ich mir fest vorgenommen, meinen Speisekonsum zu reduzieren, und rein gar nichts hat geklappt. Ganz im Gegenteil, habe noch mehr genascht als sonst. Das kenne ich gar nicht von mir. Wenn ich mir etwas wirklich fest vornehme, klappt es auch. Eigentlich! Habe das Gefühl, dass mein sonst so flach trainierter Bauch vielmehr einem Blähbauch gleicht und mein hübscher herzförmiger Po von meiner Hose verspeist wird. Ekliges Gefühl. In diesem Sinne. Es kann nur besser werden. Gehe etwas genervt und mit starken Gefühlsschwankungen zu Bett.

Barbara wird zu Babsi – Die Verkündung

SSW 12 + 6
Liebes Tagebuch, knapp eine Woche ist vergangen. Eine Woche, in der mein Po noch eine Nuance intensiver

von meinem Höschen vernascht wird, und eine Woche, in der ich zu 90 % damit beschäftigt war, wie, wo und wann wir nun endlich unser Geheimnis platzen lassen. Eine Woche, in der ich mal wieder gelernt habe, dass Pläneschmieden Zeitverschwendung ist und Perfektion nicht immer trainiert werden kann.

Du kannst dir wohl vorstellen, dass eine Barbara Klüse nichts dem Zufall überlässt, schon gar nicht die Lüftung unseres größten Geheimnisses.

Es überkommt mich noch immer ein leichtes Scham-gefühl, wenn ich nur daran denke, wie Julius mich vor-gestern Abend im Badezimmer heimlich beobachtet hat … wie ich mit einem imaginären O-Saft-Gläschen auf seinen Geburtstag anstoße und mit strahlendem Ge-sicht und Blick auf meinen Bauch die große Nachricht kundgebe.

Dazu sei gesagt, dass ich sämtliche Überbringer-News durchgespielt habe. Bis wir uns kurzerhand dazu ent-schlossen hatten, Julius' Geburtstag als Anlass zu neh-men, unseren Liebsten davon zu berichten. Wir haben einen Tisch bei unserem Lieblingsitaliener »Luigi« be-stellt und ich wollte eine »hübsche« Rede vorbereiten. Sie sollte nach Spontanität aussehen und mit gewählten Worten den AHA-Effekt erzeugen. Das versuchte ich auch Julius zu erklären. Der sich ganze fünf Minuten vor Lachen nicht mehr beruhigen konnte. Habe mich richtig geschämt und konnte meinen hochroten Kopf geradezu spüren. Hätte auch nicht gedacht, dass man sich vor sei-nem eigenen Mann so schämen kann. Es gibt Dinge, die möchte man eben nur mit sich ausmachen. Julius hatte jedenfalls den Spaß seines Lebens und staunte über mein unsicheres Verhalten. Er sagte nur: »Schatz, ich wusste gar nicht, wie sehr dich das wirklich beschäftigt und wie aufgeregt du sein kannst. Sonst sprichst du doch auch vor einer ganzen Unternehmensgruppe und findest die richtigen Worte.«

Ja, und genau das ist es. Dieses kleine Würmchen stellt mich auf den Kopf. Ich denke, die Bezeichnung Barabara Klüse wird zu Babsi, trifft es am besten. Denn dieses Reden»geprobe« hin oder her, ich habe keinen Pieps herausgebracht. Julius musste das Wort übernehmen, und ich war derartig gerührt, dass mir die Tränen in die Augen schossen. Er hat noch nicht mal viel gesagt. Nur dass er sich freut, dass wir alle zusammen hier seien und er im nächsten Jahr um diese Zeit wahrscheinlich zwischen Esstisch und Wickelkommode umherhopsen wird.

Sie haben sich alle fragend angesehen, meinen Bauch ins Visier genommen und danach in mein Gesicht gesehen. Ich nickte schüchtern und strahlend zugleich. Sie haben sich alle riesig gefreut. Es war alles mehr als perfekt, und das ohne Training.

Es war ein ganz besonderer Moment für uns alle, denn unsere Familie und engsten Freunde wussten natürlich, dass wir uns Kinder wünschten, und hatten auch erahnt, dass es eine lange Zeit nicht klappen wollte. Kurz nach unserer Hochzeit wurden wir mit vielen »sticheligen« Fragen überfallen, bis nach ein paar Monaten keiner mehr gefragt hatte. Vielmehr hatten wir das Gefühl, dass das Thema »Baby« von uns ferngehalten wurde. Selbst Dodo wagte nie wirklich nachzufragen.

Während ihrer Schwangerschaft und Geburt meines Patenkindes Max kamen wir einmal kurz auf das Thema zu sprechen. Ich hatte ihr erzählt, dass es nicht klappen mag und sie doch wisse, dass ich einfach kein Mädchen vieler Worte sei, wenn es um Probleme geht.

Für manch einen mag sich das nach oberflächlicher Freundschaft anhören, für mich ist Dodos Akzeptanz und Vertrauen ein großer Liebesbeweis. Dieses Thema »Baby« musste ich mit mir alleine ausmachen. Für mich war es schon schwer genug, es mit Julius zu teilen.

Trotz allem war ich ein enger Begleiter von Dodos Schwangerschaft und so, wie es meine Zeit zuließ, auch Tante für Max.

Während unserer Kundgebung sah ich, wie Dodo und Mama Tränen in die Augen schossen. Ich weiß, dass sie immer genau wussten, wie ich mich fühlte, und das, ohne groß die Dinge zu zerreden. Jetzt ist unser Geheimnis raus. Wir sind sehr happy darüber und gleichzeitig denke ich gerne an die kurze Zeit unserer Geheimhaltung zurück. Irgendwie hatte es auch etwas sehr intimes und Magisches zwischen uns. Ganz besonders, wenn wir unterwegs waren, sich unsere Blicke kreuzten und wir beide wussten, dass wir einer mehr waren. Doch alles hat seine Zeit, und jetzt freue ich mich darüber, unser Glück mit unseren Liebsten zu teilen. Das Gespräch mit meinem Chef steht noch bevor. Doch das verdränge ich für heute, sonst bekomme ich womöglich noch ein Magengeschwür.

Bin jetzt GLÜCKLICH und fliege ins Über-happy-Träumeland. Gute Nacht.

4. Monat/13.–16. Woche

Nachricht an den Chef und die Tage danach

SSW 13 + 2

Liebes Tagebuch, sitze gerade an meinem Schreibtisch und merke, wie mein Herz zu pochen beginnt, wenn ich nur daran denke, morgen meinem Chef von den News der News zu berichten. Die Zeit ist mehr als reif. Unsere Freunde wissen, dass sie es noch niemandem verraten dürfen, bis es der »BOSS« weiß. Mit seinem Wissen wird die Schwangerschaft erst so richtig offiziell. Ich weiß nicht, was er denkt und immer gedacht hat, aber mit Sicherheit nicht, dass in einem Barbara-Klüse-Herz auch »nur« der große Wunsch nach einer eigenen Familie lauert. Ich glaube, er dachte immer, dass Julius und ich bewusst ohne Kinder leben und glücklich sind. Er hat uns bestimmt immer als das Karriereehepaar eingestuft, das ihr ganzes Geld in eine schöne Wohnung, schicke Kleidung und besondere Urlaube steckt. Die Kinder nur als Störfaktor sehen und die Krise bekommen, wenn sie mit ihren schokoladigen Händen das Sofa abschmieren.

Er selbst hat Kinder, ist aber auch ein Mann, und was für Frau manches Mal sogar das Karriereaus bedeutet, spielt für Mann gar keine Rolle. Herr Dr. Steinberger hält sehr viel von mir, sonst hätte er mich nicht das Großprojekt übernehmen lassen. Mit Sicherheit auch aus dem Gedanken heraus, dass Frau Klüse mit Kindern nichts am Hut haben wird. Ich bin sehr aufgeregt, vielleicht wird es ja nicht so schlimm, wie ich erahne.

Liebes Tagebuch, 24 Stunden später …

Alles kam noch viel schlimmer. Ich bin so unsagbar enttäuscht. Ich bin enttäuscht von diesem Leben, den Menschen und ihren Werten. Ich habe Dr. Steinberger von meiner Schwangerschaft berichtet und gleich hinzugefügt, den neuen Projektleiter intensiv einzuarbeiten und auch während meiner Abwesenheit ihm mit Rat und Tat beiseitezustehen. Sein verkrampftes, verbissenes Gesicht, das mich am liebsten gegen die Wand gefahren hätte, steht leider mehr als präsent vor mir. Ich kenne ihn gut genug, um zu wissen, wie verbittert er über meine Botschaft war.

Seine Worte: »Wie, Frau Klüse, Sie sind schwanger? Das ist ja ein Ding! Wie wollen Sie denn jetzt Ihr nächstes Projekt umsetzen? Wie stellen Sie sich das denn jetzt vor? Ich freue mich natürlich mit Ihnen. Erst einmal herzlichen Glückwunsch.«

Kein bisschen hat er sich gefreut. Es hat nur noch gefehlt, mich zu fragen, ob es ein Unfall war.

Mein taffes Auftreten und meine souveräne Art fielen von mir mit Betreten der Unternehmenstoilette. Ich musste weinen und merkte, wie mein ganzer Körper zitterte. Ich kann und konnte die Welt nicht mehr verstehen. Es hat mir gezeigt, wie Zahlen und Umsätze die Welt regieren und nicht der Mensch selbst. Ich war schon immer ehrgeizig und zielstrebig, aber nicht um jeden Preis. Muss schon wieder vor Wut weinen.

… Tage danach

Liebes Tagebuch, ein paar Tage sind vergangen. Ich musste Dr. Steinbergers Reaktion erst einmal verarbeiten. Abgesehen von seiner unmöglichen Art, kommen meine Berg-und-Tal-Gefühlsausbrüche hinzu. In dem einen Moment fühle ich mich wie Meister Proper, könnte Menschen wie Dr. Steinberger in den Po blasen, und in dem anderen fühle ich mich wie ein ausgelieferter Fisch im Haifischbecken. Ich wusste, dass er keinen Freudentanz machen wird, und trotzdem war ich mehr als enttäuscht. Immerhin arbeiten wir seit Jahren so eng miteinander. Da fühlt es sich einfach unmenschlich an, zu erfahren, dass der andere WIRKLICH nur am Outcome interessiert ist und kein Stück weit an der menschlichen Seite. Ich wusste schon, warum diese Seite von mir im beruflichen Umfeld nichts verloren hat. Hätte es sonst ganz bestimmt nicht in diesem Unternehmen so weit gebracht. Meine Schwangerschaft kann ich ja nun mal nicht auf Dauer verheimlichen. Außerdem werden wir schon bald Ersatz für mich finden müssen und sukzessive einarbeiten. Habe das Gefühl, Dr. Steinberger muss die Verkündung auch noch sacken lassen, denn seither hat er kein Wort mehr darüber verloren und tut so, als wäre nichts gewesen. In seiner Gegenwart habe ich meinen rein wirtschaftlichen Gefühlsmodus wieder aktiviert, wenngleich es mir nicht immer leichtfällt.

Wie gut, dass das Leben zwischen all diesem Heckmeck auch immer Schönes bereit hält. Hatte heute einen FA-Termin und ein Date mit unserem kleinen Würmchen auf dem Monitor. Wahnsinn! Wie groß es geworden ist. Es hat sich jedenfalls nicht von Dr. Steinbergers negativem Verhalten beeindrucken lassen und ist tüchtig gewachsen. Sieht schon nach einem richtigen Baby aus. Diesmal gab es sogar ein 3D-Ultraschall-Bildchen. Jippey! Konnte danach erstmals verstehen, warum Dodo damals voller Stolz dieses kleine Bildchen von Max herumgereicht hatte und davon schwärmte, wunder was darauf erkennen zu können. Habe damals so getan, als könnte ich ihr folgen und verstehen, was sie meint. Meine wahren Gedanken, dass es eher gruselig als süß aussieht, habe ich natürlich für mich behalten. Bin fest davon überzeugt, dass unsere restliche »Mädchen-Runde« damals genau wie ich empfunden hatte.

Das ist ja auch manchmal das Schöne an uns Frauen. Wir sind sehr gut darin, uns gegenseitig zu bestärken. Besonders dann, wenn wir wissen, dass es dem anderen viel mehr gut als weh tut. Das ist auch der Grund unserer Stammtischrunde beim Italiener »Luigi«. Wer Zeit hat, der kommt, und wer nicht, der eben nicht. Wir sind ein bunter Mix. Telli ist unsere Yoga- und Meditationslehrerin, für sämtliche Tipps zu haben, Beate unsere Rechtsanwältin, im Geschäft knallhart und privat eben auch vielmehr Hauskatze als Tiger. Tini unsere rasende Reporterin, mit einem Schluck zu viel die wohl witzigste Person auf dem Planeten Erde, und natürlich Dodo, unsere Restauranttesterin und derzeit Mami mit Leib und Seele. In meinem Leben ist sie seit 20 Jahren fester Bestandteil. Unsere Themen in der Runde sind häufig oberflächlich. Doch wie ich finde, darf es das auch sein.

Denn meist sind wir alle von der Arbeit geschafft und wollen abschalten und lachen. Natürlich geht es um die ein oder andere Liebelei, Beauty und Speckwürste. Beim Thema Speckwürste war ich bisher raus. Es hieß immer: »Babsi, wie machst du das?« Ich habe gesagt: »Mit ein Pfündchen Glück und einer Menge Disziplin.« Na ja, jeder hat so seinen Status, und der hieß bisher »BABSI DD« = Babsi, durchtrainiert und diszipliniert.

Das erinnert mich gleich an meinen heutigen Kontrollgang bei Frau Doktor. Ich habe schon wieder 2,1 kg zugenommen und weiß nicht, wo das hinführen soll. Mein Gewicht liegt bei 64,2 kg. Das Baby kann es nicht sein, und soweit ich weiß, kann man in meinem Stadium noch nicht von Wassereinlagerungen sprechen. Und außerdem bin ich auch kein In-die-Tasche-Lügner. Finde es dennoch ungerecht, da ich heute Morgen extra nur eine Banane gefrühstückt hatte. Wäre viel motivierter, wenn da 63,9 kg gestanden hätte. Danach war ich so frustriert, dass ich bei dem gegenüberliegenden Bäcker erst einmal etwas Anständiges zu mir nehmen musste. Mir war schon fast übel vor Appetit. Belasse es jetzt dabei und gelobe mir Besserung.

Nennt man das LIEBE?

SSW 14 + 6
Liebes Tagebuch, sitze eingemummelt in meiner Wolldecke vor dem Fenster und lausche dem Pfeifen des Windes. Die Natur gibt alles her, was sie zu bieten hat. Ganz

hinten am Horizont ist es hell und freundlich. Es ist eine wundervolle Atmosphäre und ich könnte geradeso vor mich hin träumen und darin abtauchen. Die hohen Baumspitzen werden von dem starken Wind hin und her geweht. Der Baum fügt sich wehrlos. Obwohl alles so stürmisch und wild pustet, sieht es so RICHTIG aus. Denke gerade an Oma Annis Worte: »Kind, die Seele des Menschen findet sich in all den Gegebenheiten der Natur wieder.«

Vielleicht gehören Unruhen und Unannehmlichkeiten in unserem Leben dazu, so wie der Wind, der sich seinen Platz durch die Baumkronen verschafft und ihn hin und her schubst, als sei er sein Spielpartner. Vielleicht können wir uns turbulenten Ereignissen gar nicht entziehen, vielleicht müssen wir versuchen, mit ihnen zu gehen. Wie der Baum, der mit dem Wind geht, weil er MUSS. Er kann gar nicht anders. Vielleicht können wir uns manchmal wilden Kräften nicht entziehen, müssen sie annehmen und vorüberziehen lassen. Finde das Ereignis Baum/Wind so wunderbar. So ein Baum ist so stark und ein Wind so durchsichtig. Der Wind beherrscht und der Baum gibt sich ihm hin. JA – hingeben klingt viel passender. Er sieht nicht unglücklich aus. Es ist einfach so, wie es ist. Die Wertung kommt einzig und allein aus mir heraus.

Das letzte Mal, als ich dieses Naturspektakel wahrgenommen habe, war ich noch in einer völlig anderen Verfassung. Habe es aus einem anderen Blickwinkel betrachtet und auch so empfunden. Habe mich elend gefühlt und konnte diese Schönheit gar nicht sehen. Jetzt gerade fühle ich mich wunderbar und genau so sehe ich es auch. Ist schon verrückt, wie man in manchen Zeiten das WILDE und WEHRLOSE als so perfekt annimmt und manches Mal das RUHIGE und HARMONI-SCHE als so unerträglich. Wie die Welt mit seinen eigenen Gedanken aufgeht und gleichzeitig niedergeht. Wie wir sie lieben und hassen zugleich. Wie die Welt DAS ist, was wir in sie hineinleben.

Könnte mich gerade in die Welt so tief hineindenken. Alles ist so klar! Was geht nur mit mir vor? Vielleicht fällt der Apfel doch nicht so weit vom Stamm und meine innere Welt hat Durst nach dem tieferen Sinn. So wie Mama und Oma Anni stundenlang über das grüne Gras philosophieren konnten.

Es gab eine Zeit, da wollte ich auch wissen und verstehen. Dann aber habe ich es aufgegeben und mich komplett der äußeren Welt hingegeben. Zahlen und Fakten spielen lassen. Da hatte ich wenigstens etwas, wo ich mich vermeintlich festhalten konnte. Ich denke, der Tod meines Vaters war nicht ganz unbeteiligt daran. Diese behütete Welt war mir genommen worden. Ich war gerade einmal 13 Jahre alt, als meine Mama mir erklärte, dass er nun im Himmel über uns wacht. Wer weiß, wie ich geworden wäre, wenn er nicht von uns gegangen wäre. Frage mich manchmal, ob ich mir dann auch so einen Panzer angelegt hätte. Es ist mühsam, sich darüber Gedanken zu machen. Merke, wie sehr ich seinen Verlust all die Jahre verdrängt habe und wie er an die Oberfläche meines Inneren möchte. Ob das auch wieder mit diesen Hormonen zu tun hat?

Fühle mich gerade wie eine gespaltene Person. Der Gedanke daran, dass mein Tagebuch in die Hände eines Mitarbeiters fallen würde, gruselt mich. Gleichzeitig beruhigt mich der Gedanke, dass niemals nie einer dahinterkommen würde, dass solche Gedanken aus der Feder einer Klüse entstanden sind.

Ob sich wohl andere Menschen auch so viele Gedanken darüber machen, wer was über sie denken könnte? In meiner Rolle als die TAFFE mache ich mir da nicht so viele Gedanken.

Dian – Dr. Steinbergers Chefsekretärin! – hat einmal gesagt: »Barbara, sie haben Angst vor dir.« Sie meinte damit die männliche Fraktion und ich nehme an sie wollte auf meine direkte und sachliche Art hinaus.

Anderweitig wäre ich auch nicht sehr weit gekommen. Im Geschäftlichen kann man nun mal nicht zu emotionsgeladen handeln. Das würde zu nichts führen. Ich bin vielleicht nicht die allerwärmste, dennoch eine ehrliche und verlässliche Chefin, die sich auch für ihre Leute einsetzt und Verantwortung übernimmt. Da habe ich schon ganz andere Erfahrungen gemacht.

Juliane, meine Vorgängerin. Eine hinterlistige Spitzmaus. Im Gegensatz zu mir schien sie eine Herzliche zu sein. Der Schein wurde irgendwann mal trüb und hat gemeine Intrigen ans Licht geführt. Mit ihrer Gier auf Eigenprofit hätte sie fast das komplette Unternehmen ruiniert. Ihren Mitarbeitern hat sie leere Versprechungen gemacht. Wie Blutegel ausgesaugt und dann ausgetauscht. Sie war einfach nur unmenschlich. Dr. Steinberger soll angeblich ein Verhältnis mit ihr gehabt haben. Vielleicht hat er deshalb das Desaster so lange mit angesehen. Ich weiß es nicht. Vielleicht war an dieser Stelle meine sachliche Art genau das Richtige. Ich war da, als sie ging, und habe über viele Jahre ihr verlassenes Kriegsgebiet wiederaufgebaut. In letzter Zeit stelle ich mir öfter mal die Frage: Wozu das alles? Manches Mal scheint mir meine Arbeit so sinnfrei. So aufgeblasen, so wichtigtuerisch. Frage mich auch, ob ich nicht doch noch zu so einem Biest mutiert wäre. Was, wenn ich irgendwann einmal dieser Panzer geworden wäre? Was, wenn da nicht diese Schwangerschaft und sein Drumherum gekommen wäre?

Ganz gewiss ist mein lieber Mann Julius mein großes Glück. Er ist so zufrieden mit sich. Hat keine Scheu, mich auszubremsen und auf den Boden der Tatsachen zurückzuholen. Ähnlich wie Mama. Er verfolgt keinen Perfektionismus, ist vielmehr frei davon. Muss er wahrscheinlich auch sein, um seinen Job als kreativer Kopf in einer Werbeagentur leben zu können. Manchmal nervt mich seine lose Art, und gewiss nervt ihn oft meine spießige, akkurate Art, und dennoch glaube ich, er wäre der einzige Mensch auf dieser Welt, der wüsste, dass ich – Barbara Hermina Klüse – diese Zeilen geschrieben habe.

Nennt man das vielleicht wahre Liebe?

Erleuchtende Worte an Dich

SSW 15 + 2

Mein liebes kleines Wesen, ich möchte Dir ein paar Worte zukommen lassen. Weißt Du, wir großen Menschen denken sehr viel. Manches Mal denken wir sehr Schönes über einen anderen und teilen es ihm gar nicht mit. Wir teilen ihm vielmehr das mit, was wir nicht an ihm mögen, worüber wir uns aufregen und was er in unserer kleinen Gedankenwelt nicht richtig gemacht hat. In unserem Alltag sehen wir oftmals gar nicht mehr das, was uns guttut und uns Energie gibt.

Vielleicht können wir das Wohltuende nicht aussprechen, weil wir es uns selbst noch nicht einmal sagen. Es ist schon so lange her, als ich mir selbst voller Stolz gegenübergetreten bin. Meistens finde ich Dinge an mir, die mir nicht gefallen, die ich hätte besser machen können. Vielleicht hat das was mit dem Öffnen zu tun.

Du liebes kleines Wesen, ich erinnere mich an den Tag, an dem ich Deinen Vater kennengelernt habe. Es war ein heißer Sommertag und ich war mit Dodo und ihrem damaligen Freund im Biergarten verabredet. Sie haben mich einfach vergessen, und das, wo ich Menschenmassen so gar nicht mag.

Nach über einer Stunde vergebens Warten wollte ich los, und meine Laune war verständlicherweise gegen null. Dein Papa hat mich feuchtfröhlich und in bester Laune fast umgerannt und wurde von mir intensiv angefahren. Der kam mir natürlich gerade recht. Er ging kein Stück auf mein zickiges Verhalten ein und hat mich mit zu seinem Tisch »gezerrt«. Ich war hin und weg von seiner offensiven Art.

Zu diesem Zeitpunkt war ich schon viel mehr Barbara als Babsi und gewohnt, dass andere eher weglaufen als stehen bleiben, anstatt mir Kontra zu geben oder wie

Julius gar nicht darauf eingehen. Ein attraktiver, fröhlicher Mann, der mich von der ersten Sekunde annahm, wie ich bin oder, besser, das liebe Mädchenherz erkannte und sich in das hineinverliebte.

Seit diesem Abend waren wir ein Paar. Ich denke, das so schreiben zu können. Denn kein Tag verging, an dem wir uns nicht hörten. Ich war so frei und glücklich, konnte morgens in Griesgramgesichter sehen und sie mit einem Lächeln erobern. Es war mir egal, ob sie mich angelächelt haben oder weiterhin ohne eine Miene zu verziehen durch die Gegend gestarrt haben. Ich konnte mich an einer bunten Blumenwiese erfreuen und ihren Duft genießen. Ich konnte die Morgenluft wahrnehmen und, wenn ich in einen nervigen Stau geraten bin, darüber schmunzeln. Ich war voller Neugierde und Spannung durchzogen. Aus diesem Verliebtsein wurde Liebe. Dieses Verliebtsein verblasst mit der Zeit, wir fallen in den alten Strudel. Ich liebe Deinen Vater über alles und habe gelernt, dass eine andere Seele es veranlassen kann, unsere eigene zu öffnen. Aber dieses Öffnen müssen wir schon selbst tun. Ich will damit sagen, dass du mich wieder an dieses Verliebtsein erinnert hast, an dieses: »Die Welt kann untergehen und ich stehe da.«

Ich möchte Dir sagen, dass ich Dich, auch ohne Dich jemals in meinen Armen gewiegt zu haben, über alles liebe. Dass ich mich jetzt gerade, in diesem Moment, unsagbar frei und glücklich fühle und mich nichts durcheinanderbringen könnte. Denn jetzt genau, in diesem Moment, liege ich nicht in der Karibik mit einem Cocktail in der Hand, sondern sitze in einem völlig überfüllten

Zug (Platz erkämpft) und notiere diese Zeilen, weil ich merke, wie wohl und glücklich ich mich fühle (ich mag keine Menschenmassen!!!).

Wie glücklich ich bin, Julius an meiner Seite zu haben, und wie blöd ich heute Morgen wieder zu ihm war, obwohl er es verdient hätte, dass ich ihm meine lieben Worte gebe. Denn wie so oft denke ich Schönes, komme nach Hause, sehe seine Jacke, Socken, Arbeitsmappe herumfliegen, den überfüllten Müll und schimpfe vor mich hin. Ich sage ihm erst einmal wieder all die Dinge, die nicht gut laufen.

Gerade in diesem Moment aber könnte ich vor Freude aufspringen und einem jeden erzählen, wie wichtig es doch ist, sich selbst und seinen Liebsten auch mal die guten Gedanken mitzuteilen. Genau! Vielleicht ist das mit dem Selbstwertschätzen und -loben der erste Weg zur Besserung. Denn bitte, wie soll ich aus einem leeren Bonbonkorb Süßes weitergeben, wenn ich mir selbst nicht die Zeit nehme, ihn zu füllen. Wie gut es tut, Gutes zu denken. Ich liebe mich! Ich liebe Dich!

Desolater Zustand

SSW 15 + 3
Liebes Tagebuch, das mit dem LIEBEN ist so eine Sache. Heute sieht die Welt nämlich schon wieder ein bisschen WILDER aus. Meine guten Gefühle und der Vorsatz, gute Gedanken weiterzugeben, haben noch nicht einmal 24 Stunden gehalten. Man könnte meinen Zustand auch als desolat bezeichnen, oder?

Manchmal denke ich, ich ticke nicht richtig! Da bin ich voller Liebe, könnte der Nation eine »Liebe die Welt«-Predigt halten, und zwei Tage später ist mein Gefühlszustand ein Trauerspiel, gemixt mit Aggressionsanfällen und Wutausbrüchen.

Vor zwei Tagen kam ich nach Hause und wurde von meiner Wolke sieben heruntergeholt, als Julius mir eröffnete, die Einladungskarte von Dodos Party verlegt zu haben und wir uns ganz schnell auf den Weg machen müssten. Wir konnten die Einladung unmöglich absagen, und das, wo ich doch alles während meiner Zugfahrt penibelst durchdacht hatte. Das Türöffnen, liebe Worte sagen – auch wenn noch so viel herumliegen mag. Dann ein köstliches Abendessen bereiten und im Anschluss einen gemütlichen Sofagammelabend mit allen Leckereien, die das Herz begehrt. Hatte mir sogar gedanklich einen Nasch-Freifahrtschein erstellt. Stattdessen hatte ich keine Zeit zu essen und meine Laune fiel rapide ab. Habe mich extrem zusammengerissen, nicht auszurasten. Versuchte mich an mein Gefühlshoch und meine guten Vorsätze zu erinnern. Merkte, wie wütig und genervt ich wurde und absolut kein liebes Wort finden konnte. Vielmehr hatte ich damit zu kämpfen, keine Schimpfworte zu finden. Wollte ihm am liebsten sagen, wie unverschämt ich es finde, dass er mit seiner Verplantheit meine ganzen Vorhaben über den Haufen wirft.

Da haben wir es wieder. Genau solche Situationen spiegeln seinen Freigeistcharakter. Er macht sich nichts daraus, dass es ganz anders läuft als geplant. Er denkt

sich: »Na und? Dann läuft's halt mal nicht nach Plan.«
Ich hingegen könnte in solchen Situationen explodieren.
Ganz besonders in letzter Zeit und ganz besonders dann,
wenn ich mir alles anders ausgemalt habe.

Regte mich darüber auf, wie Dodo auf die Idee kommen kann, schon um 19:00 Uhr einzuladen und nicht um 19:30 Uhr und warum sie unter der Woche überhaupt feiern muss und nicht erst zum Wochenende.

Auf dem Weg zur Party musste ich so dringend zur Toilette, dass wir an der Tankstelle anhalten mussten. Ich habe vergessen, die Toilette abzusperren, und eine etwas ältere Dame öffnet sie und hat mich (kaum zu glauben!!!) angestarrt. Während ich dasaß wie ein armer Sünder, der fast in die Hose gemacht hätte und in dem Moment nicht anhalten konnte. Sie hielt die Tür einen kleinen Moment auf und fügte hinzu, ich solle zukünftig besser absperren. So eine Dreistigkeit habe ich selten erlebt. Die hat mich so perplex gemacht, dass ich gar nichts mehr erwidern konnte.

Zu guter Letzt hat die Essenszubereitung bei Dodo so lange gedauert, dass wir erst um 21:00 Uhr gegessen haben. Meine Laune war im Keller, meine Vorsätze dahin.

Kaum läuft etwas in meiner Welt nicht nach Plan, bin ich wie ein loses Schiff auf dem Ozean und verliere den Boden unter den Füßen. Bekloppt! Ich frage mich, ob solche extremen Schwankungen noch normal sind.

Schönredner

Liebes Tagebuch, bin mal wieder am Keksenaschen. Es geht einfach nicht ohne! Es ist ein Teufelskreis! Kann erstmals dickleibige Menschen verstehen, es muss furchtbar sein, da nicht mehr rauszukommen! Doch auch ich kann mir die Dinge schön- und zurechtreden (heute/ jetzt und in diesem Moment jedenfalls).

Wie meine Oma Anni. Die galt immer als die Schönrednerin. Die Welt hätte untergehen können und sie hätte eine Nation davon überzeugen wollen, warum es gut so ist, wie es ist. Ich meine, das ist auch eine Gabe! Andererseits hat sie das auch getan, wenn man über Dinge gejammert hat, die man in dem Moment bejammern wollte. Das konnte dann sehr nervtötend sein. Erinnere mich, von meiner ersten Liebe verlassen worden zu sein. Wegen einer anderen aus der Oberstufe. Nicola hieß sie. Werde ich nie vergessen. Dachte, ich müsste sterben und bis ans Ende meines Lebens trauern, und ans Glücklichwerden habe ich überhaupt nicht mehr gedacht. Oma Anni hatte die richtigen Worte, aber natürlich nicht die, die ich hören wollte. Ich wollte in meiner Trauer untergehen. Muss gerade ein wenig schmunzeln, denn wenn ich so zurückblicke, war ich doch eine recht Redselige und habe im Vergleich zu den Folgejahren meine Sorgen auch mal mitgeteilt. Das habe ich mir über einige Jahre abgewöhnt und wurde in gewisser Weise zum Eigenbrötler. Zumindest wenn es darum ging, Sorgen mitzuteilen. Meine Freunde haben mich dann immer gelassen, und das schätze ich bis heute sehr an ihnen.

Du merkst, ich schweife ab. Mit dem Schönreden komme ich vom Keksenaschen zu Hanna. Sie ist die kleine Schwester von Dodo und gerade in der 13. SSW. Sie leidet so fürchterlich unter Schwangerschaftsübelkeit, dass sie sich noch nicht einmal über das Baby freuen kann. Sie kann nicht schlafen, nichts unternehmen, ist permanent von einem Spuckgefühl begleitet. Dodo verriet, dass sie sich Sorgen um sie macht und hofft, dass das endlich ein Ende nimmt. Sie sonst noch befürchte, Hanna würde in eine Depression fallen. Ich möchte damit sagen, dass ich dann doch lieber mit der Problematik zu schaffen habe, die ein oder andere Torte zu viel zu naschen. Hanna wird alleinerziehend sein und dennoch hat sie sich ganz zu Beginn riesig gefreut. Ihre On-Off-Beziehung namens Marc steht ihr zumindest in dieser schweren Zeit zur Seite.

Mir schmecken die Kekse schon gleich wieder viel besser. Denn ich merke, wie glücklich ich mich schätzen darf, einen liebevollen Mann zu haben (meistens!!!) und Leckeres zu mir nehmen zu können! Es ist irgendwie seltsam, dass man sich oft schon gleich viel besser fühlt, wenn man darüber nachdenkt, wie viel schlechter es anderen geht. Hat ein bisschen was Sarkastisches, oder?

Hoffe nur, dass sich das mit diesem ständigen »In-den-Mund-Gestopfe« wieder regeneriert, denn erst gestern sah ich eine Mami extra large mit ihrem Kind (vielleicht 5 Jahre), auch extra large, auf einer Bank im Einkaufszentrum, zwischen ihnen zwei riesig gefüllte Tüten von

McDonald's. Das Kind kennt es wahrscheinlich nicht anders und denkt, es sei normal, davon groß und stark zu werden. Ich bin fest davon überzeugt, dass Eltern für ihre Kinder die größten Helden sind und sie ihnen – ob sie wollen oder nicht – nacheifern und gerecht werden wollen.

In diesem Sinne: Ich hab ja noch ein bisschen Zeit, mich wieder zu normalisieren. Möchte ja auch 'ne coole Mami werden. Pah, wenn das noch nicht mal in der Schwangerschaft klappt, wie soll das dann als Mami werden? Prost Mahlzeit!

5. Monat/17.–20. Woche

Rosa Schleifchen und Tutu

SSW 17 + 2

Liebes Tagebuch, gestern war wieder mein großer Tag. Ich hatte einen FA-Termin! Bitte, wer hätte gedacht, dass dieser Ort eines Tages zu meinen Lieblingsplätzen gehört? Ich denke, keine Frau der Welt geht da gerne hin, außer sie erwartet ein Baby. Schon verrückt, wie sich alles so ändern kann. Wie der Ort des »Grauens« plötzlich zum schönsten auf der ganzen Welt wird.

Sitze gerade kuschelig eingemummelt auf meinem Lieblingsplatz – Babsis Sessel. Neben mir ein großer Pott voll mit Kakao, ein Klecks Sprühsahne obendrauf (die ich früher im Leben nicht angerührt hätte) und ein paar Schokoflocken. Das Auge trinkt schließlich auch mit, und man soll sich ab und an (hahaha) was Gutes tun. Wobei ich das nach dem gestrigen Tag besser wissen sollte (gleich dazu mehr).

Habe heute früher Feierabend gemacht. Mein Chef denkt jetzt sicherlich ich sei völlig verrückt geworden. Übrigens, was heißt schon früher? Ich habe erstmals pünktlich Feierabend gemacht. Das kam noch nie vor. Er braucht sich keine Sorgen zu machen, meine Unterlagen werde ich zur späteren Stunde noch bearbeiten und bis morgen früh, pünktlich zum Meeting, vorlegen. Dieses wohltuende Päuschen mit meinem Bäuchlein, mit dir, mein liebes Tagebuch, und meinem Pott Kakao brauche ich jetzt.

Übrigens wurde mein Bäuchlein heute erstmals von Unwissenden als solches wahrgenommen, ohne mich für »grundlos« speckiger geglaubt zu haben. Ich war schon kurz davor, unseren Großkunden eine E-Mail zu schicken: »Sehr geehrte Damen und Herren, bin schwanger, bitte starren Sie mich nicht blöd von der Seite an und sparen Sie sich jegliche Gedanken: Der Klüse hat's in letzter Zeit wohl besonders gut geschmeckt.« Na ja, so ganz unrecht hätten sie ja nun nicht.

Jetzt aber zu den News der News. Du glaubst es nicht – ich werde Mädchen-Mami und, JA, ich freue mich riesig! Wenn ich ganz ehrlich sein soll, hat sich in den letzten Tagen ein Gefühl von Blau, Träckerfahrer, Fußballspieler, Bodenkullerer und Raufer breitgemacht, und irgendwie habe ich nicht damit gerechnet, mit dem Gefühl von rosa Schleifchen und Tutu nach Hause zu kehren.

Immerhin hatte Dodos Kundgebung auch eine Ewigkeit gedauert. Der kleine Mann hatte über Wochen Besseres zu tun, als sich in dem Monitor zu präsentieren. Für mich stand automatisch fest, dass wir es auch erst später erfahren würden. Ich war ganz erstaunt, als Dr. Sonnhild fragte: »Und wollen Sie wissen, was es wird?« Klar wollten wir es wissen. Wobei Julius auch bereit gewesen wäre, sich überraschen zu lassen, aber ich würde die restlichen Monate vor Neugierde platzen. Leider konnte er bei diesem tollen Ereignis nicht mit dabei sein, doch ich habe ihm alles bis ins kleinste Detail geschildert. Er wird sich bestimmt auch seine Gedanken machen. Doch ob sie genauso ausarten wie bei mir, bezweifle ich stark.

Seit es hieß »Mädchen-Mami«, rattert es wie eine Kanone in meinem Hinterstübchen. Ich denke ans Haareflechten, Glitzerkleider, rosa Kinderzimmer-Deko und darüber nach, wie ich später einmal mit meiner Tochter (was für ein schönes Wort) auf einem weisen Schimmel durch die Felder galoppiere. Es gehen die verrücktesten Gedanken mit mir durch und es bereitet mir eine riesige Freude. Ich werde diese Gedankenfahrten ganz für mich behalten. Denn es ist nichts Unanständiges, Geheimisse mit sich selbst zu haben. Es macht so viel Spaß, seiner Phantasie freien Lauf zu lassen und über die irrsinnigsten Dinge nachzudenken.

Oje … Jetzt, wo ich den letzten Schluck meines großen Potts Kakao geleert habe, werde ich wieder von einem ganz schlechten Gewissen eingeholt. Gerade gestern erst bin ich mal wieder mit großen Vorsätzen aus Frau Doktors Praxis hinausspaziert. Plopp, war der Morgen da und mein brummender Magen hat ein: »ICH HABE HUNGER« veranlasst. Es war um mich geschehen und ich musste ihn erst einmal stillen, bevor ich mir Gedanken über Weiteres machen konnte. Jetzt ist es Abend, und ich muss feststellen, nichts von meinen großen Vorsätzen eingehalten zu haben. Mein derzeitiger Gewichtsgesamtumsatz beträgt 5,7 kg. Wenn ich mich durch diverse Internetseiten lese, sprechen sie von geringsten Gewichtszunahmen während der ersten Zeit. Das eigentliche Spektakel liegt noch vor mir. Habe jetzt keine Lust, mir weitere Gedanken darüber zu machen. Irgendwie trübt es meine rosa Blase. In der ich gerade so leidenschaftlich gerne umherfliege.

Wer nicht fragt, bleibt dumm

SSW 17 + 5

Liebes Tagebuch, es ist 22:00 Uhr. Bin echt geschafft. Hundemüde und gleichzeitig mal wieder so aufgewühlt. Heute schwimme ich nicht auf meiner rosa Mädchenblase. Sondern vielmehr auf dem Leben hinterfragenden Pfad. Natürlich habe ich meinem Mädchen heute schon mehr als 1000 GUTE GEDANKEN geschenkt.

Unabhängig davon weiß ich auch nicht, was mit mir los ist. Warum ich mir plötzlich wieder so viele Gedanken um Gott und die Welt mache. Noch immer sitzt dieses Gespräch mit Dr. Steinberger in meinen Knochen. Ich bin nach wie vor darüber erschrocken, wie Macht und Geld einen Menschen so verbissen werden lassen können. Darüber, dass er sich noch nicht einmal aufrichtig über ein neues Leben freuen kann, weil er vielmehr damit beschäftigt ist, meine Lücke zu stopfen. Am Ende bin ich – diese Lücke – auch nur ein Zahlenwert, der wieder gestopft werden muss. Ich habe mich vorhin im Spiegel angesehen und gefragt, ob ich nicht auch manches Mal zum Unmensch wurde. JA, es gab diverse Situationen, wo ich vielleicht auch die Zahlen habe leben lassen und den Menschen ganz hintenangestellt. Neulich erst habe ich über mich geschrieben, eine ehrliche und verlässliche Chefin zu sein. In gewisser Weise ist das richtig, doch am Ende haben die Zahlen und Fakten gesiegt und niemand anders.

Irgendwie finde ich diese Frau, von der ich schreibe, gruselig. Noch viel gruseliger finde ich diesen Mann, der schon so sehr in seinem Strudel gefangen ist, dass er sich gar keine Gedanken mehr darüber macht. Ich möchte nicht alles schlechtreden. Doch ich stelle die Arbeitsweise in Frage, wo am Ende der Mensch verliert. Ich meine, die Welt ist doch nicht für die Wirtschaft gemacht, sondern für uns Menschen. Habe das Gefühl, diese Welt steht auf dem Kopf. Spreche mal besser von meiner Welt. Egal wo ich hinsehe. Überall nur Hektik und Stress. Ein Versuch, alles unter einen Hut bringen zu wollen, und am Ende des Tages noch zum Yoga zu stürmen, um »etwas Gutes für sich getan zu haben«.

Als würde es da oben jemanden geben, der uns antreibt und befiehlt, mit diesem Strom zu laufen. Ich beneide diese Menschen, die das, was sie machen, lieben und sich nicht aus der Ruhe bringen lassen.

Denke dabei an Frau Dr. Sonnhild und meine Beobachtungen, die mal wieder das spiegeln, wo wir uns befinden … Ihr Wartezimmer war (wie immer) bis obenhin voll. In weiser Voraussicht habe ich viel Zeit mitgebracht …

Zu meiner Beobachtung: Zwei schwangere Pärchen, die beide der Meinung waren, sie wären die Nächsten, die das Behandlungszimmer betreten dürften. Es eskalierte untereinander, und es eskalierte mit der kleinen, etwas dickeren Sprechstundengehilfin, die mit sächsischem Dialekt versuchte, alles aufzuklären. Ende vom Lied, sie beschimpften beide die Gehilfin, und ein Pärchen verließ sogar wutentbrannt die Praxis mit den Worten, nie wieder hierher zu kommen.

Eines ist richtig, Frau Dr. Sonnhilds Praxis ist jedes

Mal mit einer Warteschleife verbunden. Schon seit ich dort hingehe (seit zehn Jahren) ist sie mehr als gut besucht. Ich hatte nie Zeit für Arztbesuche. Schon so oft habe ich ihr innerlich gekündigt. Während ich mal wieder dasaß, warten musste und mich darüber aufgeregt habe, dass ich Wichtigeres zu tun hätte als hier nutzlos herumzusitzen. Doch am Ende ist sie die Ärztin meines Vertrauens. Eine Ärztin, die ihren Beruf liebt und sich für ihre Patienten Zeit nimmt.

Meine Mutter würde jetzt sagen: Alles im Leben hat zwei Seiten. Das trifft hier genau zu.

Ich erwarte ihre Zeit, ihr Ohr, ihre hundertprozentige Aufmerksamkeit, ihr Interesse, ihre Leidenschaft – ja, das erwarte ich. Sie will ihre Arbeit gut machen, will ihre Patienten nicht abfertigen wie Produktionsware auf dem Fließband, und genau deshalb bin ich bei ihr. Immerhin kennt sie die sehr verletzliche Seite von Barbara Klüse. Meine Ängste und Zweifel und nicht zuletzt auch einen sehr intimen Bereich meines Körpers. Die Kehrseite der Medaille heißt eben WARTEN aus Respekt gegenüber ihrer Arbeit. Frau Doktor hat mir mal gesagt: »Wissen Sie, ich könnte hier ein ganz anderes Tempo fahren und wäre damit hundertprozentig wirtschaftlicher, aber nicht mehr DAS, was und wer ich sein möchte.« Genau diese Worte sind das, was ich nie vergessen habe, und auch genau das, was mich so sehr nachdenklich stimmt. Beruhige mich und meine turbulente Gedankenwelt mit den Worten: »Wer nicht fragt, bleibt dumm.« Es ist gut und richtig, das Leben zu hinterfragen. Hoffe, es führt zu was. Gute Nacht.

Blubberwasser-Gedanken

SSW 19 + 4

Liebes Tagebuch, sitze gerade in einem kleinen Café mitten in Italien. Es ist traumhaft schön hier. Ein altertümlicher kleiner Marktplatz, hauptsächlich Einheimische, viele Kinder und herzhaftes Kinderlachen, temperamentvolles Geschnatter, italienische Mamas mit festen Rundungen, sowohl hinten als auch vorn. Wenn man so eine Mama sieht, fühlt man sich schon von ihrem Anblick wohl und ganz daheim. Vielleicht lade ich deshalb auch aus, um so richtig à la Mama zu werden. Ich liebe Italien, das Essen, dieses Temperament.

Dieser Platz fühlt sich gerade in diesem Moment nach wahrem Leben an. Gefüllt mit glücklichen Kinderseelen. Er verzaubert mich und lässt mich verträumt darüber nachdenken, wie ich eines Tages mit unserem kleinen Mädchen umhertoben darf oder besser ihr dabei zusehen werde. Während ich diesem Zauber verfalle, steigen verdrängte Gedanken in mir auf, die mich an die Flugreise hierher erinnern.

Ich wage es kaum zu schreiben, aber auf dem Hinflug saß eine Familie vor mir, mit drei kleinen Kindern. Den kompletten Flug über haben sie Lärm gemacht, besonders das ganz Kleine hat immerzu gebrüllt. Es hat mich richtig genervt und am liebsten hätte ich mich beschwert. Ich sah zu meinem Bäuchlein hinab und unzählige Gedanken schossen mir durch den Kopf. Barbara, spinnst du jetzt? Darf man als werdende Mutter von so ein bisschen Gebrülle wirklich genervt sein? In diesem Moment blickte ich zu meinem Sitznachbarn, ein älterer Herr, der glücklich umherschaute und sich über das Leben um ihn herum freute, keine Spur von Genervtsein. Habe mich so sehr über mich selbst geschämt, das ich bemerkte, wie ich krampfhaft versucht habe, ein entspanntes Lächeln aufzusetzen und so zu tun, als wären drei kleine meckernde Kinder um mich herum das Normalste auf der ganzen Welt. Allein die Vorstellung, dass sich eine schwangere Frau über Kindergeschrei beschwert, ist so unpassend wie … wie … wie – da fällt mir nichts mehr dazu ein.

Zurück zu diesem märchenhaften Augenblick. Der Realität, dem *Hier* und *Jetzt*. Ist es nicht irrsinnig, wie man einen wunderschönen Moment mit abschweifenden Gedanken in Vergangenes betrübt? Die weisen Menschen sprechen ja immer davon, man solle im Jetzt leben. Sie haben recht. Das ist nur gar nicht so einfach.

Dieses »Schlechtfühl«-Phänomen begleitet mich nämlich regelmäßig. Ich fühle mich frei, glücklich und zufrieden, und mit einem Mal schwirren da Gedanken vor meiner Nase umher. Als wollten sie sagen: »Na, Barbara, darfst du dich jetzt wirklich so glücklich und frei fühlen, oder ist da nicht doch irgendetwas, worüber du dich aufregen solltest?« Nein, denke ich, alles gut, es ist wirklich alles in bester Ordnung. Dann steigen diese Gedanken wieder auf, wie Blubberwasser, und fragen ein weiteres Mal: »Barbara, denk noch mal scharf nach, ob da nicht doch etwas ist, dein Job, wie soll es weitergehen? Meinst du, du bist wirklich bereit für das Muttersein? Denk nur daran, dieses kleine Baby wirst du eines Tages auf die Welt bringen müssen, du könntest dir Gedanken darüber machen, ob du dir die Geburt auch wirklich zutraust.«

Ich beginne wütend zu werden und die Gedanken zu beleidigen, sie sollen mich gefälligst in Ruhe lassen. Denn ich möchte das Jetzt genießen. Außerdem sind sämtliche Gedanken über das Muttersein sinnfrei, denn es gibt ja nun keine Rückfahrkarte und in mir kann es auch nicht stecken bleiben.

Muss gerade über mich selbst lachen. Während ich all das notiere, fällt mir auf, wie komisch das Leben sein kann und womöglich die Erkenntnis der erste Weg zur Besserung ist. Vielleicht sind diese Schlechtfühl-Gedanken wie ein ungebetener Gast an meiner Türe, der einfach nicht hereingelassen werden darf. Er darf klopfen, ich nehme ihn zur Kenntnis und rufe: »Keiner zu Hause!« Also gut. Dann schlage ich jetzt die Tür zu und gebe mich wieder dem Zauber des Lebens hin.

Halbzeit

SSW 20 + 0

Liebes Tagebuch, habe gleich noch einen Folgegeschäftstermin mit Dr. Steinberger. Mache noch einen schnellen Break im Café Lindau. Werde ein Stück Brombeersahnetorte zu mir nehmen, um meine Nerven zu stärken. Heute sind wir übrigens in der 20. SSW, Halbzeit!!! Dr. Steinberger weiß nun seit sieben Wochen um unseren Nachwuchs und er hat nur ein einziges Mal nach meinem Wohlbefinden gefragt. Das auch nur, nachdem ich ihm letzte Woche die Vertragsverlängerung eines Großkunden mit »nach Hause« gebracht habe und er besonders gute Laune hatte. Immerhin bedeutet das für ihn als Kopf des Unternehmens eine Menge. Es schafft ihm ein Stück weit Sicherheit in wirtschaftlich sehr turbulenten Zeiten. Wie du weißt, führen wir eine sachliche, kühle Beziehung, und wenn ich ganz ehrlich zu mir selbst bin, war es auch schon immer so gewesen. Habe es im Arbeitswahn einfach selbst nicht mehr wahrgenommen. Dieses kleine Würmchen hat mir eine Art Brille auf die Nase gesetzt, die mich diese unmenschliche Art und Weise hat erkennen lassen. Wenn man so möchte, meine Rettung, vielleicht ist Dr. Steinbergers Brille fürchterlich verschmutzt, sodass er es einfach nicht sehen kann. Ich möchte ihn nicht entschuldigen. Doch wenn ich mir für seine beschissene Art keine Antwort gebe, so müsste ich von heut auf morgen adieu sagen.

Es ist nicht so, als würde ich meine Arbeit nicht mögen, sonst wäre ich auch ganz bestimmt nicht so erfolgreich geworden, doch so richtig wohl fühle ich mich hier nicht mehr. Wenn man an das Sprichwort »Der Weg ist das Ziel« denkt, so hat das mit der Welt, in der ich die letzten Jahre gearbeitet habe, nichts mehr zu tun. Da gab es kein Stehenbleiben, sondern nur Druck, Druck, Druck, um mithalten zu können. Ich glaube, ich bin gerade dabei, dem Ganzen hier innerlich zu kündigen.

Habe gestern erst gelesen, dass Männer sich nichts denken sollen, wenn Frau in anderen Umständen ihr ganzes Leben auf den Kopf stellen möchte. Doch ich bin fest davon überzeugt, dass das bei mir etwas anderes ist. Ich habe noch keine konkreten Pläne, aber diese Arbeitsweise werde ich nicht für den Rest meines Lebens vertreten wollen und können. Vielleicht kann ich zukünftig einen wesentlich kleineren Stil fahren, der mich am Ende viel glücklicher macht. Abgesehen davon wird mein Leben mit Elises Geburt (unser Mädchen) mit Sicherheit auch noch mal kräftig auf den Kopf gestellt werden. Ich schmiede gerne Pläne, und verplant in etwas hineinstürzen ist ja eigentlich so gar nicht mein Ding. Doch was heißt schon »nicht mein Ding«? In meiner Welt ist gar nichts mehr so, wie es mal war. Und das ist auch gut so!

Beschluss des Tages! Führe meine Arbeit so gut es geht und so gut ich es kann bis zum Ende durch! Weil es meine Art ist! Werde mich dabei nicht vor Stress umbringen, so wie ich es sonst bereit war zu machen! Möchte meinem Passagier eine angenehme Reise bereiten. Mama gut! Baby gut! Alles gut!

So schön wie frisch verliebt

SSW 20 + 3

Liebes Tagebuch, muss gerade an Antoinette, eine ehemalige französische Arbeitskollegin, denken. Es sind schon mindestens acht Jahre vergangen, seit ich sie das letzte Mal gesehen habe.

Zu dieser Zeit sah mein Leben noch ganz anders aus. Da gab es noch keinen Julius und schon gar keinen Gedanken daran, Kinder zu bekommen. Dieser heiße, innige Wunsch, eine Familie zu werden, kam erst mit meiner Liebe zu ihm. Er war der Mann, den ich nach kürzester Zeit vom Fleck weg geheiratet hätte und habe. Bei seinen Vorgängern habe ich bei solchen Gedanken immer gleich Panikattacken geschoben. So viele waren es ja auch gar nicht. Eine allererste Jugendliebe, Jan. Der mich betrogen und verlassen hat. Eine zweieinhalbjährige Beziehung zu einem Proktologen. Du hörst richtig. In aller Munde auch der Po-Doktor genannt. Nicht sein Beruf führte zum Beziehungs-Aus, sondern seine fürchterlich bedrängende Art. Im Leben nicht wäre das mit uns etwas geworden. Er hat mich sogar zu einer Betrügerin werden lassen. JA – ich, Barbara, die so treu ist wie zehn Handtaschen-Chiwawas, habe Ulrich auf einer Uniparty mit einem Theologiestudenten betrogen. Das war das Wildeste und »Schlimmste«, was ich je in meinem Leben getan habe. Wie auch immer …

Er bekam davon Wind. Ich bin fest davon überzeugt, damit für immer sein Weltbild einer guten Frau zerstört zu haben. Danach kamen keine wilden Geschichten mehr. Ein kurzes Techtelmechtel mit einem Geschäftspartner. Eben keine nennenswerten Bekanntschaften.

Zurück zu Antoinette. Sie verliebte sich in einen Arbeitskollegen und war im Nu schwanger. Wir saßen damals im selben Büro, mit Ulrike und Bärbel. Sie quasselten ohne Punkt und Komma über Antoinettes Schwangerschaft. Ich hätte am liebsten aufgeschrien und gesagt: »An die Arbeit, ihr Faulen!«

Tja, und jetzt? Ein paar Jahre später und Stockwerke höher, wo die Luft dünn ist und so weit keine Frau in

Sicht, wünschte ich mir eine Ulrike und Bärbel herbei. Wie schön es wäre, jetzt über Babyklimbim zu quatschen. Sie waren schon zu Antoinettes Zeit Mütter erwachsener Kinder und für sämtliche Themen zu begeistern. Ob Babyzimmer, Klamotten, das Dickwerden – einfach alles. Sie erzählten mit großer Begeisterung aus ihrem eigenen Mutterglück und löcherten Antoinette mit kunterbunten Fragen. Man kann es auch aufrichtiges Interesse nennen. Mittlerweile kann ich das alles nachvollziehen. Es ist eben das wohl Alleraufregendste, was Frau erleben darf.

Wahrscheinlich kann deshalb auch jede Omi dieser Welt über ihre Schwangerschaft und den Tag der Geburt berichten. Damals aber hatte ich noch nicht so viel Einsicht. Es gab nur Arbeit. Konnte auch nicht verstehen, warum sie sich den ganzen Tag am Bauch herumgefummelt hat. Sie machte es mit Sicherheit nicht bewusst, aber so häufig, dass es mir auffiel, und ich dachte, sie könnte jetzt mal lieber ein bisschen flotter arbeiten und nicht den ganzen Tag über Babys reden und ihren Bauch befummeln. Ich nehme all diese Gedanken zurück. Denn ich selbst liebe es, mich mit meinem Bauch auseinanderzusetzen. Ihn zu streicheln und mit ihm zu sprechen. Wenn ich alleine bin, rede ich mit ihm, als wäre ein vollständiger Mensch anwesend. Ich liebe sämtliche Babythemen, und wenn ich ganz ehrlich bin, sehne ich mich nach Gleichgesinnten. An manchen Tagen würde ich am liebsten schon die ersten Windeln kaufen. Ohne bisher sonst irgendeine Ausstattung zu besitzen.

Neulich habe ich bei Tellis Geburtstag eine werdende Mami in SSW 18 kennengelernt. Ich fand sie auf Anhieb sehr nett. Ganz besonders, als sie mir von sich aus erzählte, wie spannend sie das alles findet und sich den ganzen Tag darüber auslassen könnte. Mittlerweile hat sie allerdings beschlossen, das Thema Baby in Familien und im Freundeskreis zurückzuhalten, um es nicht ausarten zu lassen. Jeder hat so seine Gründe, nicht zu viel darüber zu sprechen. Ich halte mich meist auch sehr bedeckt, um der Welt nicht zu verraten, wie es wirklich in mir aussieht. BABY, BABY, BABY!!!! An manchen Tagen frage ich mich, ob es wirklich Frauen gibt, die da anders ticken. In meiner Welt jedenfalls nicht und ich kann es auch nicht beeinflussen. Wenn meine Gefühle mal nicht wieder von Turbulenzen überschattet werden, fühle ich mich wie frisch verliebt. JA – ich denke, diese Bezeichnung trifft es am besten. Man hat dieses Kribbeln im Bauch und könnte den ganzen Tag an seine Liebe denken und von ihr erzählen. Frage mich, wie wohl alles werden wird, wenn sie erst einmal da ist. Ändert sich dieses Verliebtsein? Ist dann Träumerei und Realität auch wieder wie Himmel und Erde?

Erst vor ein paar Tagen stand ich im Supermarkt, hinter einer monstergestressten Mutter. Sie hat ihre zwei kleinen Mädchen erfolglos geschimpft. Während die eine mit ihren Fingerchen die Schokoeier zerdrückte, schmiss die andere sich auf den Boden. Die Mutter wurde lauter und nichts änderte sich. Hilflose und suchende Blicke sendete sie ab und schmiss hektisch ihre Einkäufe aufs Band. Meine Gedanken überschlugen sich, von heilfroh, dass ich damit nichts am Hut hatte, bis zu tiefem Mitleid, und gleichzeitig dachte ich: Was für verzogene

Rotzgören! Sie gehörte doch eines Tages bestimmt auch mal zu diesen Schwangeren, die ihren Bauch streichelten und mit großer Vorfreude auf das hinfieberten, was ihnen wenige Jahre später graue Haare in weniger als fünf Minuten wachsen ließ.

Barbara, sehr verliebt, mit einem Hauch von Respekt auf das, was noch kommen wird.

6. Monat/21.–24. Woche

Wie Matschbrei

SSW 21 + 0

Liebes Tagebuch, ich möchte nicht dauernd von himmelhoch jauchzend bis zu Tode betrübt hoppen. Es nervt mich schon selbst. Das ist ja auch der Grund, warum es dich gibt. Weil diese Gefühlsschwankungen kein normaler Mensch ertragen würde. Nur Dodo habe ich heute einen Einblick in mein Chaos gewährt.

Plopp, schießt schon wieder ein Gedanke auf, es vielleicht mal mit einem Therapeuten zu probieren. Doch du bist es, mein liebes Tagebuch – mein Ventil –, für all diese Gedanken, die vielleicht auch ein anderer hat und es ebenfalls nicht zugeben würde.

Warte, ich hole mal ein bisschen aus …

Die letzten Tage fühlte ich mich ausgelaugt. Einfach energielos. Der Akku leer, der Tank leer, die Batterie raus. Egal, ob ich sechs oder elf Stunden schlafe. Ich bin wie Matschbrei und entsprechend nicht belastbar. Doch das interessiert keine Laus, schon gar nicht Dr. Steinberger. Frau Klüse soll funktionieren und der Rest interessiert nicht. Ich bin von 90 % Männern umgeben, die nehmen dieses kleine Bäuchlein überhaupt nicht wahr (für mich schon riesig gewachsen). Für die lade ich einfach nur aus. Irgendwo kann ich es ja auch verstehen. Seit ungefähr 140 Tagen schlummert, purzelt und schwimmt dieses kleine Mädchen in meinem Bauch und selbst ich realisiere es nur in manchen Momenten. Bitte, wie soll es dann ein anderer verstehen?

Vielleicht nervt es mich, dass ich selbst nicht so funktioniere, wie ich es von mir gewohnt war. Als hätte mir jemand alle Energie geraubt. Sage mir mehrmals täglich, dass mein Körper Großes leistet, doch am Ende interessiert das auch nicht, weil ich funktionieren muss. Darf nicht jammern, weil ich sonst den Stempel bekomme: Die Klüse verhält sich wie 'ne Kranke! Genau das, was ich nie wollte. Bin noch nicht mal nicht cool schwanger, sondern mega uncool.

Vor Kurzem habe ich Clara getroffen, eine aus meinem früheren Yogakurs. Sie ist schon in der 37. SSW und hielt ihre größere Tochter, die auch noch sehr klein ist, auf dem Arm. Sie war topfit und sah Bombe aus. Wir kamen ins Gespräch und ich fragte, wie es ihr gehe. Sie sprach so, als wäre das Kinderkriegen ganz nebenbei gemacht. Ihre zweite Schwangerschaft sei ein »Mitläufer« und sie habe keinerlei Probleme (schön für sie …). Sie betonte überschwänglich, dass Schwangersein ja nun auch keine Krankheit sei und ein Stück weit auch an einem selbst liege, wie man damit umgeht. Grinsend und nickend stimmte ich ihr zu. Ich muss einen sehr taffen Eindruck auf sie gemacht haben, sonst hätte sie bestimmt nicht so sehr über »Überschwangere« hergezogen. Hinter meiner grinsenden Facette sank ich zusammen und fühlte mich richtig elend. Auf dem Weg nach Hause zweifelte ich mal wieder an mir und meinen Fähigkeiten als zukünftige Mutter. Wie soll das nur werden, wenn ich schon nach der 21. SSW eine totale Überforderung verspüre? Solche

Frauen wie Clara möchte ich nicht treffen und schon gar nicht sprechen, die lassen mich am Ende so richtig schlecht fühlen und an allem zweifeln. Ich musste sogar weinen und war der festen Überzeugung, dass so eine wie Clara lügt. Es kann einfach nicht sein, dass so eine alles mit links wegsteckt und ich jeden zweiten Tag mit neuen Gefühlsausbrüchen zu kämpfen habe. Mir war erstmals so richtig nach ausweinen zumute, und so habe ich Dodo angerufen und gefragt, ob wir uns nicht treffen könnten. Sie war mehr als verwundert, aber gleichzeitig spürte ich ihre Freude, mir ein Ohr schenken zu können. Sie weiß, dass das so gut wie nie vorkommt. Dodo fand genau die richtigen Worte, und schon nach kurzer Zeit musste ich über alles lachen und fand mich prima. Sie erzählte lustige Situationen aus ihrer Schwangerschaft und bestätige mir, dass Frauen wie Clara ganz bestimmt auch ihre Problemchen zu bewältigen haben.

Dass perfektionistische Frauen (wie ich es sei) generell Schwierigkeiten mit Unvorhersehbarem haben und eine Schwangerschaft mit großer Spannung und Veränderung durchzogen ist. Nach unserem Treffen empfand ich mich wieder als ganz normal. Warten wir mal ab, wie die Welt morgen aussieht.

Schmetterlinge im Bauch

SSW 21 + 5
Liebes Tagebuch, seit ein paar Tagen ist meine Gefühlswelt ein wenig stabiler geworden. Aber bloß nichts in

die Welt hinausschreien! Die Erfahrung hat gezeigt, das es dann gleich wieder anders wird. Also PSSST!, habe nichts gesagt. Bin wahnsinnig stolz auf mich. Konnte meinen Schweinehund überwinden und bin gleich nach der Arbeit in die Schwimmhalle geflitzt. Habe mich wie eine leichte Elfe gefühlt und danach wie ein Jungbrunnen. Auf dem Weg nach Hause habe ich es geschafft, den McDonald's zu passen, und zu Hause gab es eine Gemüsepfanne.

Vor gut 20 Wochen war noch alles ganz anders. Ich musste nicht lange überlegen, mich zum Sport aufzuraffen, bin für mein Leben gerne lange Strecken gelaufen. Seit in mir und mit mir etwas geschieht, sieht die Welt eben anders aus. Ich wäre auch gerne Charlotte aus Sex and the City, die mit ihrer dicken Kugel bis zum Schluss durch die Gegend flitzt. Bin ich aber nicht!

Meine Mutter würde jetzt sagen: Es ist eben so, wie es ist, oder besser: Es ist nicht so, wie es ist. Wenn man es genau betrachtet, ist es eigentlich nie schlimm, wenn man die Dinge so annimmt, wie sie sind. Es wird nur dann unerträglich, wenn man sich permanent und immer mit irgendwelchen Idealen vergleicht. Denke nur an die Begegnung mit Clara ...

Eigentlich sind nur diese Vergleiche das, was einen wirklich schlecht fühlen lässt. Sehe ich locker flockig joggende Schwangere, löst das in mir gleich ein: »Wieso bin ich nicht so?« aus. Das lässt mich schlecht fühlen, obwohl ich mich kurz vorher pudelwohl und wunderschön empfunden habe.

Du glaubst es nicht, aber ich habe selten so viele

Komplimente zu Ohren bekommen wie in den letzten drei Tagen, und das von sichtlich mehr Pfunden umgeben. Habe mal recherchiert, wie viel FRAU in so einer Schwangerschaft zunehmen darf. Natürlich hängt das vom Ausgangsgewicht ab. Eine grobe Richtlinie gibt elf bis fünf Kilo an. Die ersten sechs Kilos habe ich schon vor gut vier Wochen geschafft. Seither habe ich mich nicht mehr wieder auf die Waage getraut. Ich weiß, dass ich definitiv zu den Schwangeren gehöre, die es sehr gut mit sich meinen, und mittlerweile auch zu denjenigen, die es verdrängen, um sich nicht die Laune zu verderben. Morgen kommt die Wahrheit ans Licht, denn morgen darf ich endlich wieder zu Frau Doktor. Das mit den Kilos schalte ich jetzt mal besser aus und freue mich lieber wie ein Schnitzel, unser kleines Mädchen zu sehen. Ein klitzekleiner Hauch von: »Was, wenn irgendetwas doch nicht stimmt …?«, begleitet mich vor jedem Besuch. Bestimmt ist das normal. Bin froh, wenn alles gut ist.

Wenn auf dem Monitor ein »Zappelfrauchen« zu sehen ist und ich dieses Erleichterungsschnauben loswerden kann.

Viele Schwangere berichten ja davon, dass sie durch die spürbaren Bewegungen der Kleinen beruhigt werden. Im selben Zuge aber auch beunruhigt, wenn es ruhig in der »Kiste« wird. Bisher kann ich noch von keinen extrem spürbaren Turnübungen berichten, aber von einer Schmetterlingsbegegnung …

Vorvorgestern habe ich ausgiebig gebadet und mit viel Schaum meinen Bauch bedeckt. Der blitzt ja nun schon ein wenig heraus – endlich! Ich ließ die Badeente mit dem Bauch sprechen: »Hallo, du kleine Pur- zelbiene – wir schwimmen gerade.« Die Ente erzählte ihr ganze Geschichten, und mit einem Mal huschte ein Schmetterling durch meinen Bauch. So fühlte es sich zumindest an. Ich wusste, dass das die Antwort unserer kleinen Prinzessin war. Das war ein großartiges Erlebnis. Würde für solche Momente gerne mal meinen Bauch mit Julius teilen. Der weiß ja nicht, was er da verpasst. Ich fand es so toll, dass ich gestern und heute schon wieder in die Wanne gegangen bin. Leider erfolglos.

Es wird schwanger

SSW 22 + 4

Liebes Tagebuch, es war wieder soooo toll!!! Julius war auch mit dabei und sichtlich fasziniert. Er konnte so- gar erkennen, wo was liegt. Im Gegensatz zu mir hat er mit Bestnote abgeschnitten. Ich starre jedes Mal auf diesen Monitor und freue mich wie ein Honigkuchen- pferd, wenn sich überhaupt irgendetwas rührt. Ob das nun ein Arm, Bein, Daumen im Mund oder die Nabel- schnur ist. Sie könnte mir alles erzählen und ich würde freudig bejahen. Würde auch einen Schnipi »erkennen«, wo keiner ist. Im Gegensatz zu mir hat Frau Doktor Ju- lius' guten Blick gelobt. Wie ein Schuljunge hat er sich gefreut. Hatte das Gefühl, dass er sein »Vater-Werden« ein Stück weit mehr realisieren konnte. Zumindest in diesem Moment. In den letzten Tagen wird alles so ein bisschen offensichtlicher SCHWANGER. Zumindest für Julius und mich. Der Bauch wird größer, die Bewegungen deutlich spürbar und auf Frau Doktors Live-Schalte ist auch einiges zu sehen und natürlich auch das Herzchen zu hören.

Im Bürogeschehen hat sich nichts geändert. Die kraulen mir ja auch abends nicht den Bauch und wirklich interessieren tut's niemanden. Ist auch egal, jede Aufregung ist für die Katz, denn es würde nichts ändern.

Nun zurück zu den schönen Dingen des Lebens. Elise meldet sich nun seit drei Tagen ganz pünktlich im Zeitraum zwischen 22:00 und 23:00 Uhr. Natürlich nicht dann, wenn ich Julius rufe. Schlagartig stellt sie sich schlafend. Julius versucht sie mit Engelszungen zu überreden, ihm ein HALLO zu schenken. Habe ihn selten mit so zarter Stimme sprechen hören. Er mutiert förmlich zum Kleinkind. Vielleicht erlaubt ihm mein Bauch, eine kindlichere Seite auszuleben, ohne dass er es selbst merkt. Ich werde nichts sagen, damit er sich nicht von mir aus der Ruhe bringen lässt. Immerhin darf ein werdender Vater auch neue Züge seines ICHS ausleben. Das weniger Schöne an dem heutigen Tag war mein Gewicht. Ich habe weitere 2,7 kg zugelegt und liege jetzt bei 69,4 kg. Diese körperliche Deformation zieht mich ein bisschen runter. Meine Unterhosen wurden nun auch schon von meinem POOOO komplett aufgefressen, sodass ich zwei Nummern größer gekauft habe. Das fühlt sich bei jedem Gang lockerer an. Die anderen haben mich bei jedem Schritt noch schlechter fühlen lassen.

Der Gedanke, dass ich noch lange nicht in der turbulentesten Phase meiner Schwangerschaftskarriere angekommen bin, macht mich ganz nervös. Wo soll ich denn noch hinwachsen? Wie sehr ich mich auch über 500 g Mädchentraum gefreut habe, so sehr hat mich die Vorstellung von insgesamt 8,4 kg Gesamtzunahme frustriert. Nur ein 500-g-Schälchen Erdbeeren wiegt sie. Und der Rest? Irgendwie klingt das Verhältnis merkwürdig.

Wenn das so weitergeht, kann ich mein Schwimmen gleich wieder an den Nagel hängen. Alleine die Vorstellung, dass mir ein Bekannter über den Weg läuft, schreckt mich ab. Habe nämlich auch das Gefühl, dass mein Po von unschönen Dellen umkleidet wird. Derjenige hätte mich doch für immer und ewig falsch im Kopf abgespeichert, und das möchte ich nicht. Doch am allermeisten stört mich meine derzeitige Kontrolllosigkeit. Die letzten Wochen haben gezeigt, dass all meine Vorhaben erloschen sind, sobald mich der Appetit packt.

Finde die Frauenwelt manchmal schon komisch ...

Bin bei Frau Doktor mit einer anderen Schwangeren ins Gespräch gekommen. Sie war sehr schlank und ihr Bäuchlein ein hübsch definiertes Kügelein. Ich weiß nicht mehr, wie – aber wir sind auf das Thema Gewicht zu sprechen gekommen. Sie sagte: »Ach, wenn man sich damit auch noch verrückt macht, wird man ja noch ganz kirre.« Die lügt doch, oder? So eine lebt doch ganz gewiss nach Speiseplan.

Nichts für ungut, sage mir jetzt schon wieder, dass es nur besser werden kann. Gerade in diesem Moment bin ich von sämtlichen Gelüsten frei und meine Vorhaben groß. Werde mich jetzt nicht weiter hineinsteigern.

Weg vom Speck, hin zu Wadenkrämpfe. Hatte letzte

Nacht die heftigsten meines Lebens. Bin wie ein aufgescheuchtes Hühnchen aus meinem Bett gesprungen und kreischend auf der Stelle gehüpft. Julius saß senkrecht im Bett und dachte, ein Einbrecher sei im Haus. Er musste mich mitten in der Nacht massieren und beruhigen. Frau Dr. Sonnhild riet mir zu Magnesium und Viel-Wasser-Trinken. Frage mich gerade, was dieses Mamiwerden noch für Überraschungen bereithält. Wer hätte an derartige Kontrolllosigkeit und nächtliche Schreieinlagen gedacht?

Auch mit Besenreisern nach Sternen greifen

SSW 24 + 0

Liebes Tagebuch, mache es mir gerade ganz gemütlich. Habe dir gestern noch nicht einmal mehr von meiner unschönen und gleichzeitig doch sehr erkenntnisreichen Entdeckung berichtet.

Wir sind zu einer Hochzeit geladen. Habe dafür extra dreierlei schicke Kleider bestellt. Habe sie voller Freude ausgepackt und war nach kürzester Zeit bedient. Wollte erstmals so richtig meinen Bauch in Szene setzen. Pustekuchen! Die Rückenröllchen wurden betont und von hinten sah ich aus wie von einem Maulwurfskostüm umgeben. Und das, wo ich mich doch neulich erst mit Hanna ausgetauscht habe, die sich immer hinter riesigen Gewändern versteckt, weil sie sich erst noch an dieses ganze Rundwerden gewöhnen muss. Ich habe wild auf sie eingeredet, doch endlich mal ihr hübsches Bäuchlein zu zeigen. Sie hat weiß Gott nichts zu verstecken. Ganz im Gegenteil, ihr Bauch ist so schön wie aus einem Schwangeren-Magazin. Ich hatte ihr noch gesagt, dass ich es kaum abwarten könne, endlich alles zu präsentieren. Es zeigt mal wieder, dass ein jeder seine ganz eigene Art und Weise hat, mit dieser Veränderung umzugehen.

Na ja, das mit dem besonders Schickmachen ging bei mir jedenfalls mehr als nach hinten los. Wie so oft in letzter Zeit werden meine hübschen Pläne an die Wand gefahren oder nehmen Abwandlungen an wie in diesem Fall. Vom angestrebten WOW-Dress zum Maulwurfs-faschingskostüm. Wahrscheinlich müssen es einfach nur vorteilhaftere Kleider sein. Und das aus meinem Munde … Na ja, lassen wir das jetzt mal so stehen.

Irgendwann werde ich vielleicht mal wieder »NORMAL« werden. Viel schlimmer kam es nämlich, als ich fiese kleine blaue Äderchen in meiner Kniekehle feststellen musste.

Ich wäre fast ausgeflippt. Nein – ich bin ausgeflippt! In meinem Hals hat sich ein riesiger Knoten aufgebauscht und ich musste bitterlichst anfangen zu weinen. Ich stand vor dem Spiegel und habe mich gar nicht mehr einbekommen. Ehrlich gesagt habe ich schon seit vielen Jahren nicht mehr vor dem Spiegel geweint. Für einen kurzen Moment sah mich dieses kleine Mädchen von damals an. Es hat leidenschaftlich gerne vor dem Spiegel gestanden und geweint. Es überkam mich so ein wahnsinnig schönes Gefühl von Selbstmitleid. So ein herzliches Mitleid, das einem kein anderer Mensch auf dieser Welt schenken könnte. Es ist ein sehr befreiendes

Gefühl. Zumindest dann, wenn man alles hinter sich gebracht hat. Wenn man all diese umherschwirrenden Gefühle hinausgelassen hat. Im ersten Moment sah ich in ein kleines rundes Gesicht, das mit einer völlig rot geschwollenen Nase fürchterlich unschön aussah. Ich fühlte mich vom Teufel verflucht und verunstaltet. Noch viel schlimmer – ich sah zu meinem Bauch hinab und sprach zu meinem Baby: »Warum werde ich von dir so verunstaltet?« SPECKIG – BESENREISER – PICKELCHEN und EINE NICHT MEHR NORMAL DENKENDE BARBARA HERMINA KLÜSE. Im nächsten Moment aber überkam mich so ein wahninnig schlechtes Gewissen. Eine Stimme, die zu mir sagte: »Du undankbares Stück.«

Ich stand da wie ein Häuflein Elend. Musste an die zwei Jahre des Leidens denken, daran, dass ich mir nichts anderes gewünscht hatte, als endlich Mama zu werden. Ja, ich habe sogar an vielen Tagen geglaubt, der unerfüllte Babywunsch würde mich auf ewig nie wieder so richtig glücklich werden lassen. Manchmal dachte ich: »Lieber Gott, wenn es dich gibt, dann lass uns ein Baby bekommen, und dann werde ich – ich schwöre es – nie wieder einen anderen Wunsch haben.« In demselben Zuge musste ich an Saskia denken. Dodos ehemalige Chefin, die an Krebs erkrankte und nur einen Wunsch hatte, den der Gesundung. Ihre rabiate Art abschwörte, wenn sie doch nur am Leben bleiben dürfte. Sie wurde gesund und war kurze Zeit später dasselbe Monster wie eh und je.

Vielleicht haben wir alle irgendwelche Wünsche und

glauben fest daran, dass sie uns zu einem besseren Menschen machen. Doch am Ende müssen wir feststellen, dass ihre Erfüllung nicht das ewige Glück bedeutet. Vielleicht bedeutet GLÜCK, seine eigene kleine Schatztruhe zu hegen und zu pflegen. Unabhängig davon, ob die Welt sich weiterhin dreht, stehen bleibt oder gar dem Untergang naht. Vielleicht sind unerfüllte Wünsche einfach nur der Sündenbock für das Vergessen dieser kleinen Schatztruhe? Wieso, um Himmels willen, weine ich wegen ein paar blauen Äderchen und einem Speckgesicht herum, wenn ich doch meinen größten Wunsch in mir trage?

Liebes Tagebuch, bitte verstehe mich nicht falsch. Manches Mal mögen meine philosophischen Denkansätze undankbar klingen. In keinster Weise. Ich möchte nur nicht meine Unzufriedenheit einem kleinen Engel (in mir) zuschreiben, sondern vielmehr meinem Spiegelbild mit offenen Augen entgegensehen und es verstehen.

Ich möchte auch mit Besenreisern nach den Sternen greifen, ohne mich dabei selbst zu verlieren. Heute war's mal wieder tiefgreifender mit mir. Gute Nacht.

Königinnengefühle

SSW 24 + 3

Liebes Tagebuch, heute sieht die Welt schon wieder ganz anders aus. Weg von Spiegel-Heulattacken. Weg von zu tiefgreifenden Gedanken. Die manches Mal sehr gut und hilfreich sind, dann aber auch wieder zu Hause bleiben dürfen.

Habe mich extra hübsch herausgeputzt. Meine locker leicht fallende Seidenbluse lässt meinen Bauch in voller Pracht strahlen. Habe das Gefühl, ich sehe damit schon einen Monat weiter aus. Konnte es ohnehin kaum erwarten, etwas Passendes zu finden, das mein Mädchen so richtig hübsch in Szene setzt. Fühle mich sogar so ein bisschen wie Grand Mama, oder besser: wie eine Königin. Sie behängen sich auch immer mit all ihren Schätzen und präsentieren sie dann mit erhabener Körperhaltung auf öffentlichen Events. Bei Schwangeren bedarf es eben keines Schmucks, sondern einfach nur eines passenden Oberteils, und schon ist der größte Schatz für jedermann zu bewundern. Vorausgesetzt, man fühlt sich mal nicht wieder elend wegen Hautproblemen, Müdigkeitsanfällen oder schlechtem Gewissen von zu viel ungesundem Essen.

Heute wende ich mich dem »Licht« zu, sehe alles pragmatisch. Trage eine Bluse, die den Hintern versteckt, dafür den Bauch in Szene setzt. Wie du hörst, habe ich wirklich einen sehr guten Tag. Denn an guten Tagen fühlt man sich schön und erhaben. Man hängt sich nicht an ein paar braunen Flecken im Gesicht auf und auch nicht an einem gedellten Po. Man sieht das Schöne, das, was einem ein Lächeln ins Gesicht zaubert und nicht frustriert.

Meine Mama würde jetzt sagen: das Glas halb voll sehen und nicht halb leer. Finde den Spruch gerade mehr als passend.

Die heutige Kundgebung, dass Dian – die Sekretärin meines Chefs – ein Baby erwartet, hat meinen Gute-Laune-Tag zusätzlich bestärkt.

Ganz bestimmt nicht den meines Chefs. Glaube, der hat heute einen Krisentag und verteufelt die menschliche Evolution. Dian und ich hatten leider nicht viel Zeit, miteinander zu sprechen; wir haben uns einen Moment ausgetauscht und uns auf besondere Art und Weise angelächelt. Dieses Lächeln, das sagt: Wir sind zwei von derselben Sorte. Als sie sich umgedreht hat, habe ich sie natürlich noch mal genauer unter die Lupe genommen. Dian gehört eher zu den sehr weiblich gebauten Frauen. Sowohl von vorn als auch hinten. Da weiß MANN, was er in der Hand hat. Sie ist eine von den Frauen, die sexy damit aussehen. Nicht so wie ich, gleich speckig mit Doppelkinn-Verzierung. Sie hat ein bildhübsches Gesicht, keine einzige Falte, immer gute Laune, große braune Rehaugen, rosa Lippen, weiße Zähne und ein ganz besonders hübsches Lächeln. Sie hat ein etwas tieferes Organ und eine großartige Art und Weise, Klartext zu sprechen. Sie ist kein bisschen ein Duckmäuschen, sonst hätte Dr. Steinberger sie schon längst plattgemacht.

Ich denke, sie wird eine tolle Mutter, die alles im Griff haben wird. Wer Dr. Steinberger im Griff hat, wird auch ein Baby im Griff haben. Ich denke, kein Kind der Welt ist so anstrengend wie er. Weiß nicht, wie er das ohne sie meistern wird. Wenn man so möchte, ist sie seine bessere Frau. Sie regelt alles für ihn, aber auch wirklich alles, ohne dabei zu meckern (wie eine Frau das tun würde). Ich glaube, Dian ist eine von diesen coolen Schwangeren, die ich gerne wäre, es aber nicht bin. Ich bin auch einhundert und ein Prozent davon überzeugt, dass sie nicht weiß, wie toll ich sie finde. Es ist schon komisch, dass man manchmal so Schönes über einen Menschen denkt und kein bisschen davon kundgibt. Glaube auch nicht, dass sie von mir derartige Unsicherheiten vermutet, was dieses Mutterwerden angeht. Trotzdem bin ich heute blendend gelaunt. Fühle mich wunderschön, 10 SSW erfahrender als Dian, freue mich über einen Dickbauch mehr und darüber, dass mein Chef in ernsthaften Schwierigkeiten steckt.

7. Monat/25.–28. Woche

Salonauftritt mit Befreiungstalk

SSW 25 + 0

Liebes Tagebuch, sitze gerade in einer Konditorei in Dresden. Habe hier ein paar Geschäftstermine und zwischendurch Zeit zum Durchatmen.

Es klingt verrückt, aber ich habe mir eben die Haare abschneiden lassen. In Xenis Haarstudio. So was habe ich noch nie erlebt und bis vor Kurzem hätte ich so etwas auch gar nicht zugelassen. Mein Friseur ist eigentlich kein anderer als Georgi. Ein homosexueller, wundervoller Mann. Ich dürfte ihn auch Prinzessin nennen und er würde es mir nicht übel nehmen. Er trägt immer sehr üppigen Fingerschmuck und sein Gesicht wird immer etwas mit Puder aufgefrischt. Seine Kleidungsstücke haben mindestens ein Glitzersteinchen und sein Hund Shishu verlässt das Haus nicht ohne rosa Schleifchen.

Weiß nicht, ob er mir diesen Seitensprung verzeihen wird, aber ich konnte nicht anders. Dieses kleine Etwas, vielleicht gerade mal so groß wie eine Honigmelone, stellt die unmöglichsten Dinge mit mir an. Der Gedanke, die Haare zu verändern, kam heute Morgen, hat mir während des ersten Meetings keine Ruhe gelassen und während eines Bummels durch die Stadt, ohne weiter darüber nachzudenken, mich in Xenis Haarstudio eintreten lassen. Ein verrückter kleiner Familiensalon, wo Mutter und Tochter die Lebensgeschichten ihrer Stammkunden auswendig kennen, wo Jung und Alt aufeinandertreffen und ein jeder von sich erzählt, ohne dabei verurteilt zu werden. Sie sahen mein Bäuchlein und wollten natürlich wissen, wie weit es ist, und diesen typischen Smalltalk eben, aber dann habe ich mich auf einmal selbst über meine Ängste und Sorgen reden hören. Echt verrückt! Weiß auch nicht, was da in mich gefahren ist. Ist schon seltsam, dass man manchmal wildfremden Menschen so viele Dinge von sich preisgibt. Sonst fand ich diese Menschen immer seltsam, die mir in weniger als fünf Minuten ihre halbe Lebensgeschichte aufgetischt haben, ohne dass ich sie danach gefragt hätte, und nun bin ich doch eine von ihnen. Es fühlt sich irgendwie befreiend an, mal alles so loszuwerden. Ohne dabei Rücksicht zu nehmen, ein Bild von sich selbst aufrechterhalten zu wollen, von wegen: »Ich bin so eine ganz Taffe.« Der halbe Salon weiß nun, dass ich mir vor der Geburt fast in die Hose mache, dass ich zwischendurch Panik habe, mein Baby doch noch zu verlieren. Dass ich schon über einen geplanten Kaiserschnitt nachgedacht habe, um dieser ganzen Schmerzangst aus dem Weg zu gehen. Dass mein Körper schon in Mitleidenschaft gezogen wurde und ich mich manchmal nicht im Spiegel ansehen möchte. Dass ich Angst habe, keine gute Mutter zu werden, und an manchen Tagen alles, aber auch wirklich alles in Frage stelle. Sie alle haben mir zugehört. Eine alte Dame, eine mittleren Alters mit rötlichem Pony und eine junge Frau mit hunderten von Piercings und Tattoos behangen. Sie haben genickt und großes Verständnis gezeigt. Sehr wohltuend waren die Worte der alten Dame. Kurz bevor sie den Salon verließ, kam sie zu mir, nahm meine Hand und meinte: »Haben Sie ein bisschen mehr Vertrauen in sich. Sie werden das alles ganz bestimmt gut machen. Wissen Sie, wenn Sie Ihr Kind lieben, dann können Sie nicht wirklich etwas falsch machen. Haben Sie auch keine Angst vor der Geburt. Es ist ein ganz besonderes Erlebnis, das ich nicht hätte missen wollen.« Dann war sie weg, und wenn kein Wunder geschieht, werde ich sie nie wiedersehen. Es hat unwahrscheinlich gutgetan und ihre Worte haben mir Mut gemacht. Bin bester Laune.

Jetzt aber muss ich mich sammeln und mich auf den nächsten Barbara-Klüse-Geschäftstermin vorbereiten. Aufrecht hinsetzen, tief einatmen und auf geht's!

Es ist, wie es ist

SSW 25 + 2

Liebes Tagebuch, habe ein mittelschweres Problem, bin gefordert, eine Hebamme aufzusuchen. Dieses Mama-werden ist eine Angelegenheit für sich. Da treffe ich heute Morgen Simone, eine ehemalige Schulkameradin in SSW 23 und werde von ihr in nur wenigen Minuten mit einem Bald-Mama-Fragenkatalog durchleuchtet. Simone kenne ich aus der Oberstufenzeit, sie gehörte zu den Fleißigen, den Strebern, die geweint haben, wenn es mal nur 'ne Zwei geworden ist. Ich war damals eher eine Wilde, eine, die jedenfalls nicht den Spaß rund um die Pflichten vergessen hat. Meine eiskalte Disziplin begann erst so richtig mit der Uni und vielmehr mit dem Berufseinstieg. Wir waren jedenfalls nie dicke Freundinnen, haben uns einfach nicht sonderlich füreinander interessiert, dennoch toleriert. Heute, mehr als 15 Jahre später, grüßt man sich natürlich. Nachdem wir einen intensiven Blick von oben bis unten an der gegenüberliegenden Supermarktkasse ausgetauscht hatten, wussten wir beide sofort, dass wir uns in denselben Umständen befinden. Klar, dass man da gleich ein Smalltalk-Thema gefunden hat. Ihre ganzen Fragen sind so typisch für sie, und wenn man so möchte, haben sich in den letzten 15 Jahren nur die Themengebiete geändert, aber nicht der Grundcharakter. Damals hat sie gefragt: »Na, Babsi, hast du schon dein Geschichtsreferat vorbereitet, für die Matheklausur gepaukt und dich für die Schülersprecherwahl aufstellen lassen?«

Schon damals hat man sich nach all ihrem »Fragengestelle« schlecht gefühlt, und heute heißt es eben: »Na, Babsi, hast du dich schon für einen Geburtsvorbereitungskurs angemeldet, das Kinderzimmer eingerichtet und eine Hebamme gebucht?«

Ich hatte den Eindruck, sie wollte sich mitteilen. Ja, mitteilen und mir erzählen, wie wunderbar vorbereitet sie ist. Sie hatte geradezu ein Lächeln im Gesicht, während sie mir erklärte, dass ich ganz bestimmt keine Hebamme mehr bekommen würde. Zumindest keine Beleghebamme. Ohne Punkt und Komma führte sie fort, dass das auch sehr schade sei, wenn man bedenkt, dass so eine Geburt eine sehr intime Angelegenheit sei. Ich schätze, sie hat mehr als 50-mal das Wörtchen Beleghebamme in den Mund genommen. Eine Beleghebamme ist nicht nur vor und nach der Geburt für die Frau da, sondern auch während der Geburt. Ja, und dann gibt es Hebammen, die davor und danach begleiten und bei der Geburt selbst nicht dabei sind. Das machen dann Hebammen aus der Klinik, sozusagen Fremde, oder nennen wir sie mal die Anonymen. Na ja, vielleicht gehöre ich ja zu den Frauen, die sich lieber den »FREMDEN« einmal anvertrauen möchten, in der Hoffnung, sie nie wiederzusehen. Wie du weißt, habe ich mich erst vor wenigen Tagen einem gut besuchten Friseursalon anvertraut. Auch nur, weil ich sie nie wiedersehen werde (hoffentlich), und im Leben nicht hätte ich mich in diesem Maß gegenüber vertrauteren Menschen öffnen können.

Vielleicht rede ich mir das jetzt auch nur ein, weil ich genau weiß, dass es für eine Beleghebamme wahrlich zu spät ist. Ich ärgere mich gerade über mich selbst. Ich gehörte in den letzten zehn Jahren zu den top Organisierten, und jetzt treffe ich den ehemaligen Klassenstreber und kann ihr NICHT das Gegenteil beweisen. Sie wird sich denken: So typisch für Babsi. Einfach mit allem immer zu spät.

Es ist mir egal, sie wird bestimmt mitbekommen haben, dass ich eine ganz steile Karriere an den Tag gelegt habe und ganz gewiss auch anders kann. Pahhh, die kann mich mal, habe natürlich so getan, als würde mich das alles nicht die Bohne tangieren. Desto mehr ich darüber nachdenke, desto mehr rege ich mich auf und desto mehr finde ich sie doch doof. Sie hat ein falsches Bild von mir – oder vielleicht doch das richtige?

Vielleicht ist man Ende doch einfach nur das, was man ist, und vielleicht bin ich gar nicht so wahnsinnig perfektionistisch, wie ich meine. Vielleicht war ich die letzten Jahre gar nicht so sehr Babsi, wie ich es wirklich bin. Vielleicht liebt Julius mich nur deshalb, weil er das ganz ECHTE Herz von mir viel mehr sieht als dieses ganze Drumherum. Vielleicht bin ich eine Mischung aus allem? Vielleicht ist es okay, manchmal gar nicht so genau zu wissen, wer man wirklich ist. Das mit 35 und einem Baby im Bauch. Denke an Mamas Worte. Es ist, wie es ist.

Hebamme Peppi

SSW 25 + 4
Liebes Tagebuch, es gibt solche Einladungen, da will man erst gar nicht hin, muss sich geradezu motivieren, und am Ende des Tages denkt man sich: »Wie gut, dass du da warst.« Annemarie ist eine ehemalige Kommilitonin und hat eine »Best Ager Party« veranstaltet. Hört sich nicht gerade an, als wären wir im blühenden Alter und in anderen Umständen, aber egal. Denn Annemarie ist ein verrückter Mensch, und wenn sie eines kann, dann ist das wilde Partys feiern und Menschen miteinander vereinen. Aber nie die von derselben Sorte. Sie setzt Banker und Spirituelle an einen Tisch und am Ende lieben sie sich (vielleicht ist da die Menge an guten Drinks oftmals gar nicht so unbeteiligt).

Ich hatte jedenfalls ein sehr figurbetontes blaues Kleid an und war gleich zu Beginn der Party am Dessert-tischlein aufzufinden. Diese köstliche Schokocreme, abgefüllt in kleinen Gläschen, mit bunten Beeren darauf verziert – einfach köstlich. So was wäre mir vor ein paar Monaten im Leben nicht eingefallen. Auch wenn ich noch so sehr Appetit gehabt hätte. Nicht nur aus figurtechnischen Gründen, sondern natürlich auch aus Anstand vor der Gastgeberin. Es ist seltsam, denn ich merkte, wie eine innere Stimme zu mir spricht: Barbara, das gehört sich nicht, und gleichzeitig ein innerer Trieb, der mich ganz ungeniert zugreifen ließ.

Während ich mich von diesem Tischlein gar nicht mehr fortbewegen konnte, schlich sich von hinten eine sehr kleine, etwas rundliche Frau an und fragte: »Na, gesegneten Appetit? Du bist ja schon im fortgeschrittenen Stadium. Wie geht's dir?« Ich hatte mich geradezu ertappt gefühlt und ein wenig gezuckt. Meine Gedanken waren gleich auf Abstand: Wer ist das? Was will die denn von mir, und warum tut sie so, als wären wir Freunde?

Doch das war die Begegnung des Abends. Da sagt einer, es gäbe keine Schicksale. Peppi stand vor mir und gleichzeitig meine zukünftige Hebamme. Wir kamen ins Gespräch, und ich war mehr als erstaunt, als sie mir erzählte, Mami von drei Jungs zu sein. Sie sieht aus wie Anfang zwanzig und nicht wie Mitte dreißig und dreifach Mutter. Wie hat diese junge Frau drei Geburten gemeistert? Wie hat ihr Körper drei Schwangerschaften überlebt? Sie ist zwar rundlich, aber nicht schwabbelig, sondern knackig. Mein tiefster Respekt, meine Hochachtung. Ich bin gerade dabei, meinen einst so filigranen Körper mit einer einzigen Schwangerschaft – ich nenne es mal liebevoll: zu deformieren.

Würde jetzt am liebsten Simones Nummer herausfinden, um ihr mitzuteilen, dass ich nun doch eine Hebamme, und zwar eine Beleghebamme gefunden habe. Würde ihr unter die Nase reiben, sie ganz ohne Probleme, nebenbei bei einer Party, »erhascht« zu haben. Wahrscheinlich werde ich sie die nächsten fünf Jahre nicht mehr antreffen und ihr Bild von Babsi Klüse nie wieder geraderücken können.

In WIRKLICHKEIT habe ich die letzten Tage alle Hebammenzentren der Region abgeklappert und der Reihe nach Absagen erhalten. An eine Beleghebamme war gar nicht zu denken. Es war reiner Zufall, dass Peppi mich in ihren »Frauenstamm« noch aufnehmen konnte. Ich fühlte mich vielmehr wie ein kleines hilfloses Mädchen, das geradezu gebettelt hat, noch aufgenommen zu werden. Im Laufe des Gesprächs merkte ich nämlich, wie nett und vertrauenswürdig Peppi ist und wie gerne ich sie als Hebamme hätte. Peppi bestätigte Simones Predigt, dass man sich rechtzeitig um eine Hebamme kümmern müsse. Sie erzählte mir, dass sich die meisten Frauen, gleich nachdem sie selbst erfahren, schwanger zu sein, um eine Hebamme kümmern. Gerade heute Morgen wäre ihr eine Frau abgesprungen, weil sie ihrer Liebe hinterherzieht und das Land verlässt. Es war also kein Zufall, sondern von oben gewollt. Ich sollte die Party besuchen, und die Frau sollte ihrer Liebe folgen, damit ich doch noch zu meiner Hebamme komme. Finde es abgefahren, dass ich jetzt sogar eine Beleghebamme habe, und noch viel abgefahrener, das Peppi auch wahnsinnig gerne Hausgeburten begleitet. Das kommt für einen

Kontrollfreak wie mich natürlich nicht in Frage. Ich möchte dahin, wo es die bestmögliche Versorgung für mein Baby gibt. Man weiß ja nie, zu welchen Komplikationen es kommen könnte. Würde man Peppis Ansicht folgen, gäbe es keinen Grund zur Panik. HAPPY PEPPI ins Träumeland!

Von hundsmiserabel zu HAPPY

SSW 26 + 3
Liebes Tagebuch, habe eine hundsmiserable Woche hinter mir. Musste das erste Mal einen Krankenschein zücken. Es hat mich total umgehauen. Gliederschmerzen, Fieber, das ganze Programm. Du kannst dir vorstellen, wie sehr das an meinem Ego gekratzt hat. Habe Julius das Wochenende drei Mal in die Notapotheke geschickt, in der Hoffnung, er bringt das rettende Zaubermittelchen mit. Mittlerweile kann ich eine homöopathische Hausapotheke gründen: Lutschtabletten, Salzwasser zum Gurgeln und hundert verschiedene Kügelchen. Nichts, aber rein gar nichts konnte irgendwelche Lebensgeister in mir wecken. Musste viele Tränen vergießen und habe mich zu nichts zu gebrauchen gefühlt. Habe mir viel zu viele Gedanken gemacht und mich am Ende noch viel schlechter gefühlt. Meine Gedanken kreiselten um Simones und Claras, die zu dieser Zeit ganz bestimmt schon alles erledigt hatten oder erledigt haben werden. Ich aber musste feststellen, noch nichts weiter geschafft zu haben. Keine Möbel, Kinderwagen, Babyschale usw.

Irgendwie komme ich zu gar nichts. Wie machen das nur die anderen? Habe mich darüber aufgeregt, keine Schmerztabletten einnehmen zu können und faul im Bett zu liegen, wo es doch so viele Dinge zu erledigen gäbe, die während des Alltagsgeschehens einfach auf der Strecke bleiben. Glaube, ich hatte einen kleinen Panik-attacken-Anflug, nichts vorbereitet zu haben. Außerdem war ich von meiner unorganisierten Art und Weise erschrocken. Das passt eigentlich so gar nicht zu mir. Erstaune immer mehr darüber, was mit mir passiert.

Gestern war zum Glück FA-Termin und unserem kleinen Engel geht es ganz wunderbar. Sie wächst und gedeiht prächtig. Schon 750 g ist sie schwer. Zwischen meinen Gefühlsachterbahnen habe ich mich natürlich auch gefragt, ob es unserer Kleinen gut geht, und war mehr als froh, dass mein Termin in diese Zeitspanne fiel. Frau Doktor hätte mir auch kein Zauber-Wohlfühl-mittel verschreiben können. Das ist aber auch gar nicht mehr nötig gewesen. Seit ich dort war, ging es schon wieder viel besser. Hatte es mir anschließend zu Hause gemütlich gemacht und eine ausgiebige To-do-Liste recherchiert und erstellt. Dabei bin ich über Dinge wie einen Vaporisator (desinfiziert Babyflaschen, Schnuller usw. mit Wasserdampf) und Stillstuhl gestolpert. Diese stehen jetzt auch auf der Liste. Wobei ich mich schon gefragt habe, wie es die Menschheit früher geschafft hat, ohne all diese verrückten Neuheiten auszukommen, und ob sie wirklich in Gebrauch sein werden. Die Wirtschaft möchte Geld verdienen, und solche wie ich sind da genau das richtige Futter. Unerfahren und alles richtig machen wollen. Es gibt sogar einen Windelei-mer. So was muss man erst einmal wissen! Ich hätte gedacht, ein normaler mit Klappe tut's auch. Meine Liste ist VOLL-VOLLSTÄNDIG, und ich habe beschlossen, meine liebe Freundin Dodo zu interviewen. Sie wird sich freuen, mir ein paar Tipps mitgeben zu können. Fühle mich jetzt viel besser. Habe auch schon Testvergleiche für Kinderwagen und Babyschale notiert und wunder-hübsche Möbel für das Babyzimmer herausgesucht. Julius hat schon den Link erhalten, und wenn er sein Okay gibt, werde ich auf den Button »Kaufen« drücken. Ich habe gemerkt, in welches Babyshopping-Fieber ich gerate. Auch mein kreatives Gedankenkarussell, was die Gestaltung des Kinderzimmers betrifft, nimmt Form an. Eigentlich weiß ich, dass so viel unnütz ist, und doch in diesem Moment kann und will ich nicht anders. Nach so einer Down-Woche nehme ich diesen kreativen, mit Lebensgeistern gefüllten Flow an und lass mich machen, wie mir danach ist. Happy!

PS: In zwei Wochen habe ich den nächsten FA-Termin und das erste Mal CTG! Kann es kaum abwarten!

PS 1: Der absolute Oberknaller! Peppi hat mir noch ei-nen Platz in einem Geburtsvorbereitungskurs organi-siert. Freue mich schon riesig, und noch viel mehr dar-über, das Gefühl zu haben, alles so ein bisschen besser unter Kontrolle zu haben. Jetzt aber Schluss.

Mozart mit Fisch

SSW 27 + 3

Liebes Tagebuch, es ist 22:00 Uhr. Liege im Bett mit meiner Spieluhr auf dem Bauch und einem Kräutertee zu meiner Rechten. Ich bin stolz auf mich, denn ich habe es geschafft, den kompletten Tag ohne Naschkram zu überstehen. Mehr schlecht als recht, aber ich habe es geschafft. Seit dem 17. Februar, dem Tag meiner Weltveränderung, gab es nicht viele Tage, an denen ich es ohne Süßkram ausgehalten habe. Mein armer kleiner Schatz, vielleicht wird sie jetzt auch einen Entzug durchmachen müssen. Bei mir äußert sich das in leichter Reizbarkeit und einem Gedankenkarussell rund ums Essen, und zwar den ganzen Tag. Zwischen Kuchen, Lakritzschnecken und Deftigem, wie Döner oder Riesen-Burger mit Pommes, Ketchup und Mayo. Unsere kleine Elise ist vielleicht nicht auf Entzug, sondern vielmehr erleichtert, nicht ständig von all diesem fiesen Mampfkram umhüllt zu sein.

Vielleicht denkt sie auch, irgendetwas stimmt nicht und Captain Mum hätte ihr Feld geräumt und einen Neuen ans Steuer gesetzt.

Ich habe uns heute nämlich außergewöhnlich gut und gesund ernährt. Der Tag startete mit einem Nuss-Beeren-Müsli, dazu ein frisch gepresster O-Saft, zwischendurch Obst, zur Mittagszeit einen Salat mit Putenstreifen, als Nachmittagssnack gab es einen grünen Smoothie und abends feinstes Zanderfilet mit einer Hand voll Salzkartoffeln und grünen Bohnen.

Jetzt kommt es mir gerade … Ich habe mein Kind heute auch noch besonders »INTELLIGENT« mit Fisch ernährt. Neulich erst hat mir eine Geschäftspartnerin mitgeteilt, dass ich ganz viel davon essen soll, damit mein Kind besonders schlau wird. Ich würde behaupten, ihre Mutter hat nicht sonderlich viel davon gegessen, ihre Art und Weise ist nicht gerade erleuchtend und, allgemein, ich fand sie einfach nur doof. Sie ist so eine von diesen Neunmalklugen, die irgendwo etwas aufschnappen und dann so tun, als hätten sie es studiert. Na ja, ist ja auch egal, verschwende ich mal lieber nicht meine Zeit, über solche Koryphäen nachzudenken. Mit dem Fischessen hat sie ja auch nicht ganz unrecht. Es ist ein rundum gutes Essen für uns beide.

Trotzdem ist sie so eine, die immer alles besser weiß und andere mit dem Zeigefinger nach oben belehrt. Von so einer will man sich aus Prinzip schon nichts sagen lassen. Sie gehört zu denjenigen, die meinen, nach einer WM-Fußballsaison als Vorstandsvorsitzende eines Fanclubs fungieren zu können.

So, jetzt hör ich aber wirklich auf. Ziehe lieber noch mal meine Spieluhr nach. Damit mein Baby auch weiß, dass ich es wirklich bin. Wir machen das fast jeden Abend. Angeblich wirkt das bereits im Mutterleib schon sehr beruhigend und verankert sich im Gehirn der Kleinen als Symbolik zum »Zur-Ruhe-Kommen«. Bin mal gespannt, ob sie sich später daran erinnern wird. Habe extra eine mit Mozart-Sound gekauft, die soll ganz besonders gut sein. Natürlich weiß ich nicht, ob es tatsächlich etwas bringt, aber schaden wird es ganz bestimmt nicht, und außerdem kommt der Tipp von Dian, der schwangeren Sekretärin von Dr. Steinberger, und wie du weißt, finde ich sie toll, und drum glaube ich fest daran.

Sie hat übrigens auch schon ein Pfündchen mehr auf den Rippen. Sie stopft ganz offensichtlich und schämt sich noch nicht einmal dafür. Das ist auch das, was ich an ihr so gut finde. Während ich nur darauf warte, allein zu sein, um meine Kekstüte zu leeren, kommt sie mit Monster-Fast-Food-Boxen und schlendert ganz selbstbewusst durch den langen Bürogang. Sie zieht immer einen wahnsinnigen Geruch nach fettigem Essen hinter sich her. Früher hätte ich gedacht: Wie kann man nur? Momentan denke ich mir: Nach getaner Arbeit gibt es auch für mich einen KLEINEN …

8. Monat/29.–32. Woche

Schöner Dickmops

SSW 29 + 2

Liebes Tagebuch, der Zeiger ist schon wieder in die Höhe geschossen. Beim letzten Mal hatte er erstmals die SIE-BEN erreicht. Noch nie in meinem Leben zuvor grinste (gruselte) mich die Sieben an.

Und jetzt? Auch sie wächst stetig nach oben. Fiese 2,8 kg sind dazugekommen. Glatte 74 kg! Ich wachse und wachse! ELISE wiegt von meinen 13 kg Gewichtszunahme gerade mal 1100 g.

Die Vorstellung, das Gewicht einer Tüte Milch, »Mein Baby«, in mir herumzutragen, klingt äußerst beeindruckend, doch das Wissen, 13 kg mehr zu sein, empfinde ich als beängstigend.

Hatte mir beim letzten Mal fest vorgenommen, nie wieder in irgendwelchen Foren herumzustöbern und über all die witzlosen Gewichtszunahmen zu lesen. Konnte es mir nicht verkneifen und war danach noch viel niedergeschlagener.

Jetzt aber gerade sitze ich bei Traumwetter an einem wunderhübschen See, schlürfe Rhabarbersaftschorle und starre immer wieder ins Leere. Muss über dieses verrückte Leben schmunzeln. Darüber, dass dieses Teufelchen in meinem Kopf immer nach Streit sucht. Heute aber werde ich ihm den Rücken kehren und mich über 1100 g Mädchenpracht freuen. Meinem Mädchen geht es nämlich prächtig, und das ist das Allerschönste. Konnte sie heute erstmals über das CTG miterleben. Ich durfte es mir im Liegen gemütlich machen und bekam so einen Gurt um den Bauch geschnallt, der zwei kleine Geräte einklemmt. Damit werden die Herzfrequenzmuster des Babys gemessen und die Kontraktionen der Gebärmutter. Mit kleinen Anfangsschwierigkeiten. Denn Frau Doktor war mit den Aufzeichnungen nicht zufrieden, und so musste ich noch mal 20 Minuten stillhalten. War ein bisschen aufgeregt, ob irgendetwas nicht stimmt mit Elise, doch sie nahm mir gleich den Wind aus den Segeln, entschuldigte sich und erklärte, das Frau Brennholz, ihre Auszubildende, noch besser eingearbeitet werden müsse. Elise war wohl im Tiefschlaf und musste erst von Urgestein Sprechstundenhilfe Lipotz wach geküsst werden. Sie wackelte meinen Bauch vorsichtig hin und her. Prompt hörte sich das Gerät ganz anders an.

Hatte mir so ein CTG ein bisschen aufregender vorgestellt. Doch irgendwie fühlt man sich dadurch den schon »so richtig Schwangeren« zugehörig.

Früher wollte ich auch immer zu den Oberstufenschülern gehören. Sie waren die Großen, die Coolen. Heute sind es die Endspurt-Schwangeren, CTG, GVK usw.

Der GKV startet übrigens morgen!!!

Muss über diese ganzen Schwangeren-Kürzel lachen und darüber, wie selbstverständlich sie mittlerweile aus meinem Mund herauskommen. FA (Frauenarzt), ET (Entbindungstermin), CTG (Kardiotokographie), GKV (Geburtsvorbereitungskurs), SSW (Schwangerschaftswoche) usw. ... Da könnte man glatt ein Lexikon für Erstlingsschwangere rausbringen.

Zurück zum CTG. Die Prozedur zog sich leider sehr in die Länge, und so merkte ich, wie sich meine Gedanken um Wurstbrote drehten. Mein Magen fing sogar an zu knurren. Hatte mich vor dem Gewichtskontrollgang mit deftigen Mahlzeiten mal wieder ERFOLGLOS zusammengerissen und entsprechend Hunger gehabt. Mein Gewichtsschreck hielt nicht lange an. Kaum kommt der Appetit, sind sämtliche Vorhaben, alles besser machen zu wollen, davongeflogen. Habe mir für zukünftige FA-Termine, die ab jetzt alle zwei Wochen stattfinden werden, fest vorgenommen, ein wenig Proviant einzupacken. Ich glaube, eine jede werdende Mami hat so ihre ganz eigene »Auf dem Weg zur Mama«-Geschichte.

Dabei schießen mir die verschiedensten Themen durch den Kopf … Vorgestern hat es an meiner Bürotür geklopft und eine strahlende Bärbel schlich herein. Die Bärbel, mit der ich früher in einem Büro saß. Sie sprach mich an mit: »Unsere Chefin – ein Baby«, und strahlte dabei bis über beide Ohren. Es war eine aufrichtige Freude und fühlte sich großartig an. Bärbel ist eine Gute, eine richtige Mutti und in wenigen Wochen zum ersten Mal Oma. Sie erzählte mir, dass ihre Schwiegertochter, Astrid, unter fürchterlichem Nasenbluten leidet. Habe schon mal irgendwo aufgeschnappt, dass das an den vermehrt durchbluteten Schleimhäuten (während der Schwangerschaft) liegen kann. Ganz besonders ist sie wohl davon geplagt, wenn sie sich aufregt. Anscheinend kommt das seit ihrer Schwangerschaft häufiger vor. Bärbel findet sie im Großen und Ganzen nett, aber nicht sonderlich belastbar. Ein bisschen zu wehleidig für

Bärbels Geschmack. Sie fügte lachend hinzu: »Barbara, nicht so eine Taffe wie du.« Ich sah verlegen zur Seite und schmunzelte in mich hinein: »Wenn die wüsste ...« Wenn ich jedes Mal vor Aufregung Nasenbluten bekäme, hätte ich ein ernst zu nehmendes Problem. Hoffe, das bleibt mir erspart.

Leider fügte Bärbel noch hinzu: »Sie sieht auch nicht so rundum gesund aus wie du, Barbara, sie könnte ruhig noch ein bisschen zulegen.« Im Klartext kam dabei rum, dass ich offensichtlich ein Dickmops geworden bin, aber ein SCHÖNER Dickmops. Das lass ich jetzt mal so stehen.

Morgen beginnt der Geburtsvorbereitungskurs. Mal sehen, wo Peppi mich da hinschicken wird. Ich freue mich riesig darauf. Endlich mal einfach nur Dickbäuche.

Geburtsvorbereitungskurs mit Öko-Flair

SSW 29 + 3

Liebes Tagebuch, heute Abend war ich erstmals auf dem Geburtsvorbereitungskurs. Es war eine Gruppe von acht kugelrunden Frauen, jede ein bisschen anders, doch alle so ein bisschen alternativ. Das ist mir besonders aufgefallen, als ich auf die Schuhe der werdenden Mütter geachtet habe. Die trugen fast alle Sandalen in dunkelbraunen Tönen. Eben voll Öko. Die Brottüte der rothaarigen Dünnen war sogar aus Öko-Papier, und anstatt dass sie sich ein leckeres süßes Häppchen gegönnt hätte, hat sie an so einem trockenen Stück Vollkornbrötchen herumgelutscht. Die andere war übermäßig dick, sie hatte ein gelbes Shirt an, mit Sonne darauf, und ihre laute Lache übertönte den ganzen Raum. Und dann war da noch so eine ganz Spießige, fast bieder Angezogene, die stach in diesem Öko-Club völlig raus. Vielleicht war sie nur normal. Doch was heißt schon normal? Das liegt ja bekanntlicherweise immer im Auge des Betrachters.

Die Kursleiterin Renate stellte sich in wenigen Worten als die Hebamme aller Hausgeburten vor. Dieses Thema Hausgeburt scheint mich zu verfolgen. Immerhin hat meine Hebamme Peppi auch ein Faible für Hausgeburten und auch sie ist so ein bisschen Alternative. Meine Einstellung zur Hausgeburt hat sich bisher noch nicht geändert. Bin einfach zu unentspannt für solche Abenteuer, und wenn ich mir vorstelle, dass so eine Geburt auch ein paar Spuren hinterlässt, möchte ich mir diese Verschmutzung ungern in unserem Daheim vorstellen. Renate leitete eine Namensrunde ein mit der Bitte, gerne auch auf unsere Ängste der bevorstehenden Geburt einzugehen. Da saßen wir nun allesamt. Wir Dicken um eine Kerze und Blümchen im Kreis und haben uns vorgestellt. Ich dachte nur: Wie kann Peppi mir so einen Quatsch antun? Am liebsten hätte ich die Flucht ergriffen. Rein aus Anstand blieb ich wie ein armer Sünder auf meinem Deckchen sitzen.

Eine schilderte förmlich ihre Panik vor der Geburt und eine andere wiederum schilderte, wie sie sich schon seit Wochen mit Büchern über Meditation auf die Geburt vorbereite, um den Schmerz wegatmen zu können. Nach all den Storys habe ich geglaubt, den Kurs ein wenig verwechselt zu haben. Ich kam in Sporthose und Schuhe und dachte, wir würden ein bisschen Schwangerschaftsgymnastik machen und im Anschluss quatschen – während wir ein paar Kekse verzehren. Jetzt aber sitze ich zu Hause und habe so viel gedanklichen Input über verschiedenste Ängste und Sorgen, über die ich mir bisher noch gar keine Gedanken gemacht hatte, weil ich gar nicht an ihre Existenz glaubte (das heißt was, denn ich bin sehr gut darin, mir Gedanken zu machen!).

Ich denke darüber nach, ob ich nicht auch Angst vor diesen Dingen haben sollte. Hätte ich mir etwa auch schon früher über meditative Atemtechnik Gedanken machen sollen? Ich meine, jetzt ist es doch schon fast zu spät, so was zu erlernen, oder?

Aber auch das Aufschnappen der Sage, dass man seine eigene Geburt wieder erleben würde, ist in meinem Falle nicht sonderlich beruhigend. Meine Mutter berichtet seit drei Jahrzehnten zu meinem Geburtstag über meine fürchterlich schmerzende Geburt. Das Einzige, was mich beruhigt, ist ihr herzhaftes Lächeln. Meist stopft sie sich dabei ein Kuchenstück in den Mund. Daraus ziehe ich: Alle Zeit heilt ihre Wunden. Punkt.

Die Hebamme befragte uns in einer nächsten Fragerunde über unsere Wünsche und Vorstellungen der bevorstehenden Kurseinheiten. Wenn ich ehrlich sein soll, ging es mir vor allem um neue Kontakte. Ich meine, das Mamawerden ist ja wie ein neuer Job auf lebenslang. Da gehört ein gutes Netzwerk dazu. Mit dieser Einstellung schien ich völlig allein dazustehen, die anderen wollten über Atemtechniken und Geburtshaltungen erfahren und das Wörtchen Kontakt stand gar nicht im Raum. Ich fuhr leicht irritiert nach Hause und bin es immer noch.

Muss ich denn jetzt Öko-Schuhe tragen, um so richtig Mutti zu werden?

Nur sehr schwanger

SSW 30 + 1
Liebes Tagebuch, die 30. Woche steht geschrieben. Es ist verrückt! Ich bin schon wahnsinnig schwanger, und wenn alles nach Zeitplan verläuft, werde ich in zehn Wochen Mutter sein. Allein diese Vorstellung ist unvorstellbar. Ich – Barbara – werde dann Mutter sein!

Denke gerade darüber nach, wie gemein ich als Teenager zu meiner Mutter sein konnte. Wie zickig und unausstehlich. Hoffe, meine Tochter wird nie so. Heute bin ich – glaube ich – eine gute Tochter. So darf sie später auch werden. Ich habe auch eine tolle Mutter. Sie ist nicht so ehrgeizig und verbohrt, wie ich es bin, sondern viel mehr Freigeist. Das haben wahrscheinlich Künstler so an sich. Sie ist Malerin, und wer nicht wüsste, dass ich ihre Tochter bin, würde es nicht glauben können.

Mein Vater war viel mehr so wie ich bzw. ich so wie er. Ich wünschte ihn mir so oft herbei (auch noch immer in vielen Momenten). Ganz besonders, wenn meine Mutter und ich wieder aneinandergeraten sind. Papa hatte ein wahnsinnig großes Herz, wenngleich er auch sehr streng sein konnte. Glaube, diese strenge Hand hätte mir im

Jugendalter gutgetan. Jetzt tut mir eher eine Hand gut, die mir sagt: »Barbara, du darfst ruhig ein bisschen lockerer und lieber mit dir sein.« Momentan hat sich das natürlich erübrigt.

Ich bin nämlich kein bisschen mit mir streng; wie du weißt, erlaube ich mir viel zu viel. Es ist schon erstaunlich, wie unterschiedlich wir Menschen miteinander sein können und doch wieder so gut miteinander harmonieren. Wahrscheinlich brauchen wir eine gute Ergänzung zu unserem Ganzen. Wie sagt man so schön: »Die Natur ist der Spiegel der Seele«, und zu viel von einem ist ungut (denke an Oma Anni). So würden die Blumen vom Regen ertrinken und von der Sonne vertrocknen.

Ich schweife vielleicht gerade zu weit ab. Meine Mutter ist jedenfalls ein sehr lieber Mensch. Sie ist eigentlich immer gut drauf. Ja ich würde sagen, sie lacht gerne und viel. Sie kann vor allem über sich selbst lachen. Ich konnte bisher über vieles nicht so sehr lachen. Doch auch das hat sich in den letzten Monaten um einiges geändert. Manches nehme ich mit Humor – so wie sie. In der Vergangenheit gab es schon viele Situationen, in denen sie mich auf den Boden der Tatsachen zurückholen musste. Mir die wirklich wichtigen Dinge des Lebens vergegenwärtigte. Ich würde nicht von mir behaupten, ein sehr stumpfer Mensch zu sein, doch einer, der gerne aufs Ganze setzt und vor lauter Ziele-Setzen die feinen Dinge des Lebens beginnt zu vergessen. Meine Mutter ist eine unwahrscheinlich gute Köchin, und meine einst so tapfere Disziplin wurde regelmäßig bei ihr gebrochen. Aber auch nur, weil sie mich »offiziell« angeschwindelt hatte, wie gesund und fettarm ihre Kost sei. Wir wussten natürlich beide, dass das nicht stimmt. Sie macht es nur, damit ich mir auch mal was gönne. Allerdings hat sie mich bei ihrem letzten Besuch erstmals auf meine Maßlosigkeit angesprochen und von sich aus gesagt: »Barbara, das kenne ich ja gar nicht von dir. Zu viel Zucker ist nicht gut für dein Baby.« Auf die Frage hin, ob ich sehr dick geworden bin, meinte sie: »Nein, du bist einfach nur sehr schwanger.« Das sind die Worte einer Mutter, die ihr Kind nicht verletzen möchte. Ich denke, sie würde fast alles für mich tun, nur nicht als Geburtshelferin mir beiseitestehen, weil sie es nicht ertragen könnte, wenn ich leide. Sie würde nur eine Ausnahme machen, wenn ich alleinstehend wäre. Das haben wir auch schon geklärt. Wenn ich ehrlich sein soll, möchte ich sie auch gar nicht mit dabeihaben. Bin glücklich über so eine tolle Mama.

Ganz normaler Nestbauwahn

SSW 31 + 5

Liebes Tagebuch, meine Gedanken sind so bunt, umgeben von rosa Herzchen, bunten Bildern, Kuscheltieren, Schmusekissen, rosa-weiß gestreifte Tapeten. Meine Liste würde kein Ende nehmen. Könnte den ganzen Tag über das »Liebe zum Detail« im Kinderzimmer nachdenken. Ein Teddy oder doch lieber ein Häschen? Bunte Bilder oder doch lieber schlicht? Es klingt verrückt. Ich weiß.

Frage mich, über was ich die letzten 35 Jahre nachgedacht habe. Es müssen Zahlen, Zahlen und noch mal

Zahlen gewesen sein. Gähn! Wie langweilig! Ich arbeite momentan auch nur noch auf Standby-Modus. Habe die letzten Wochen Herrn Schäffle eingearbeitet. Ich glaube, er wird einen guten Job machen. Das war mir auch sehr wichtig. Immerhin hängen eine Menge Leute, Löhne und Familien daran. Er hat dieses Feuer in den Augen! Diesen Biss! Das, was bei mir die letzten Monate geschwunden ist. Das, was mich sonst so hart arbeiten ließ und oft alles andere nicht sehen ließ. Was habe ich mir die Nächte um die Ohren geschlagen, um die Beste zu sein!

Jetzt aber, in diesem Moment, erscheint mir alles so unwichtig. Als wäre ich all die Jahre irgendeinem Irrsinn hinterhergelaufen. Eigentlich mag ich diese Leute nicht, die immer ihre Vergangenheit bejammern und trostlos davon erzählen, was sie alles besser gemacht hätten. Diese wohlbekannten Worte: »Ach hätte ich nur …«

Merke, wie ich mich gerade wieder in Rage denke. Die rosa Welt ist viel wärmer und leichtfüßiger. Doch wo ich gerade dabei bin …

Könnte bei der Gelegenheit auch noch kurz meinen heutigen Gewichtstabelleneintrag bei Dr. Sonnhild abarbeiten. Habe mal irgendwo aufgeschnappt, dass es außerordentlich gesund ist, ein Ventil für Erlebtes, Bedrückendes oder Beängstigendes zu haben. Also go! Ganze 1,9 kg in zwei Wochen. Ich habe mal wieder Höchstleistung vollbracht. Mein Gesamtumsatz liegt bei 14,9 kg. Bin jetzt also ungefähr bei der empfohlenen Gesamtmenge angekommen (das hängt ja wohlbekannt vom Ausgangsgewicht ab). Problem – ich habe noch einige

Wochen vor mir. Verwundere mich gerade über mich selbst, dass dieser Schockeffekt ausbleibt. Sonst kamen mir immer gleich die Tränen …

Vielleicht ist das so wie mit Ehebetrügern. Am Anfang fühlen sie sich noch so richtig schlecht, und dann irgendwann werden sie zu skrupellosen Betrügern. Finde, das trifft es recht gut. Selbst meine Dellen im Po und die intensiver gewordenen Flecken im Gesicht gehören mittlerweile zu meinem normalen Spiegelbild. Bin froh, dass sich die Besenreiser nicht verschlimmert haben, bis jetzt … Vielleicht wird der »Schockeffekt« derzeit auch einfach nur von Elises wilden Bewegungen überleuchtet. Selbst Julius ist sichtlich fasziniert von ihrem Hin und Her. Mal Po, mal Rücken. Einfach nur verrückt!

Hatte sogar schon meine ersten Übungswehen. Nachdem mein Bauch so seltsam hart geworden ist, ohne dabei weh zu tun, wusste ich gleich – dank Geburtsvorbereitungskurs –, dass ich gerade Übungswehen verspüre.

Muss ehrlicherweise gestehen, dass ich trotzdem bei Dr. Sonnhild angerufen habe, um sicherzugehen, dass alles in Ordnung ist. Die Sprechstundengehilfin hat mir erklärt, dass sich meine Gebärmutter nur auf ihren großen Tag vorbereitet, ohne dabei den Muttermund zu öffnen. Glaube, sie wird öfter mal angerufen. Ihre Antwort ähnelte einem automatischen Sprechband.

Zurück zum Dicksein. Fakt ist, ich werde die nächsten acht Wochen nicht mehr weniger werden. Möchte zu 100 % mal wieder zu meiner alten Form zurück. Bitte, wer kennt sie nicht, diese Sprüche von wohlproportionierten Müttern, die nach 20 Jahren immer noch behaupten, ihre Speckrollen nach der Schwangerschaft nie wieder in den Griff bekommen zu haben.

Nun Thema abgehakt, sonst endet dieses Gedankenkarussell wieder da, wo es nicht hinsoll. Zurück zur rosa Welt! Zurück zu Elises Zimmer. Wollte noch berichten, dass sich mein »Alles perfekt machen wollen« unter anderem im Kauf eines Windeleimers und eines Vaporisators niedergeschlagen hat. Nicht alle halten das für notwendig. Ich selbst habe die Notwendigkeit vieler Dinge in Frage gestellt, sogar Julius hat meine Liste mit kritischem Blick überflogen, und auch Dodo hat einiges von der Liste in die Kategorie »Kann aus Liste« markiert, und trotzdem konnte ich es nicht lassen, auf »Kaufen« zu drücken. Julius hat mich gefragt, ob dieses Baby-Shoppingfieber noch normal sei und ob man diese Dinge wirklich alle benötigt. Ganz ehrlich: NEIN. Da gibt es eine sehr bescheidene Seite in mir, die weiß, dass die meisten Dinge nicht notwendig sind, und trotzdem habe ich sie besorgt.

Abgesehen davon, dass Julius' Kritik mehr als berechtigt ist, möchte ich mir nicht ausmalen, wie Elises Zimmerchen aussehen würde, wenn er der Innenarchitekt wäre. Das wäre mit Sicherheit alles sehr pragmatisch, aber weit entfernt von rosa Mädchentraum. Wie gut, dass es Männlein und Weiblein gibt.

Dian scheint auch diesem Fieber verfallen zu sein. Wenn wir mal Zeit finden, ein paar Worte auszutauschen, berichtet sie von den wildesten Dingen (Fancy Onlineshops usw.). Sie gehört eindeutig zu den werdenden Müttern, die abends nichts anderes machen als Babyeinrichtung und Babyklamotten googeln. Man liest ja auch gerne mal über den sogenannten Nestbau, dem werdende Mütter verfallen. Mit diesem ständigen Putzen hat's mich nämlich auch schon erwischt. Wahrscheinlich bin ich normaler, als ich denke.

Gebe mich all diesen neuen Zügen meines ICHS hin. Irgendwie mag ich mich heute besonders gerne.

Partnerabend mit Kopfkino

SSW 32 + 6
Liebes Tagebuch, ein verrückter, schwangerer Abend geht zu Ende. Ich sitze dick und fett auf meinem Lieblingssessel, die Beine hochgelegt, und lasse spürbar die körperlichen Motoren herunterfahren. Julius hat sich gleich mit einem Buch ins Bett gelegt. Ich glaube, er muss all diesen geburtsvorbereitenden Input verarbeiten. Wie Hebamme Ivy die Phasen der Geburt mit Puppe Börni demonstrierte, wie sie liebevoll versuchte, der männlichen Schöpfung zu erklären, dass sie ein sehr bedeutsamer Teil des Ganzen sind, am Ende dennoch leider nicht allzu viel für uns tun könnten. Sie gab ihnen Tipps und Tricks, unseren Rücken wohltuend zu massieren und zu streicheln. Wobei sie ausdrücklich darauf hinwies, dass dies auch in die Hose gehen kann, wenn Frau das nicht gut findet. Sie stellte eine Leitregel auf: »Wenn FRAU NEIN sagt, heißt das auch NEIN.« Sie sollen dann lieber ganz schnell die Finger von uns lassen.

Yvi hat uns in der vorherigen Stunde verraten, einmal dabei gewesen zu sein, wie eine sonst so liebliche, zierliche Frau ihren Mann als Arschloch beleidigte, weil er nonstop an ihr herumzupelte. Seither betont sie, dass Männer in dieser Phase nichts persönlich nehmen dürfen und am besten nichts machen, was FRAU nicht will.

Yvi erklärte uns noch ein paar Dinge zur Atmung. Die Männer sollten gut aufpassen, um uns während der Geburt daran erinnern zu können. Mir fällt gerade auf, dass ich schon wieder die Hälfte vergessen habe – MIST! Das geht mir in letzter Zeit öfter so. Kaum habe ich etwas gehört, habe ich es schon wieder vergessen. Wie gut, dass Julius dabei war. Ohne es ausführlich wiederholen zu können, habe ich behalten, dass Männer uns vor allem daran erinnern sollen, ruhig zu atmen und den Mund nicht aufeinanderzupressen. Denn ist der Mund leicht geöffnet, kann sich auch der Muttermund leichter öffnen. Verrückt, so ein Körper, das hängt wohl alles miteinander zusammen. Yvi betonte, dass wir keine Angst haben sollten, das Atmen zu vergessen. Vielmehr sollten wir unseren Kräften und unserer Intuition vertrauen. Sie ließ uns Baby Börni auf den Arm nehmen und paarweise wickeln, so als kleine Übung, um das erste REAL LIFE-Höschen selbstsicher wechseln zu können. Yvi fügte gleich hinzu, dass es ganz normal sei, bei den ersten Windeln etwas unsicher zu sein. Auch das Muttersein braucht seine Übung. Es war ein guter Abend, und ich denke, dass es auch für Julius sehr informativ war.

Wenngleich Worte wie »Schleimpfropf« für meinen Julius zu großes Kopfkino auslösen und er damit nicht so viel anfangen kann. Das war die Antwort zu »eines der ersten Anzeichen der bevorstehenden Geburt«.

Auf Blasensprung und regelmäßigen Kontraktionen wurde natürlich auch eingegangen. Ich kann mir das alles noch gar nicht vorstellen. Wenn wir darüber sprechen, denke ich, wir reden über andere. Meine Art, damit umzugehen, heißt VERDRÄNGEN. Ich denke, es ist für mich derzeit die beste. Mache mich sonst wahnsinnig (noch wahnsinniger!) und ändern kann ich es sowieso nicht. In Hannas Worten: »Der Braten muss raus.« Hört sich nicht lieblich an, aber faktisch. Verrückt machen also fehl am Platz. (Wow!!! Wenn ich mich gerade selbst reden höre, bin ich mehr als begeistert.)

Der Mann von der Dicken – sie übrigens wieder im neongelben Shirt unterwegs (sie hat bestimmt ein Faible für gelbe Shirts) – wollte wissen, ob Sex in der letzten Phase noch in Ordnung sei. Hebamme Yvi, natürlich von sämtlichen Schamgefühl befreit, erklärte erst einmal, dass Sex gut und gesund sei. Voraussetzt, beide haben noch Lust dazu und die Schwangere ist frei von einer Problem- oder Risikoschwangerschaft. Abgesehen davon, dass ich so was natürlich auch sehr informativ finde (es selbst niemals nie vor versammelter Mannschaft erfragen würde), finde ich solche Fragen von diesem Pärchen äußerst unattraktiv und habe Bilder im Kopf, die ich nicht haben möchte!!! Ich denke, Julius geht es da genauso. Wir haben zwar kein Wort mehr darüber gewechselt. Doch ich bin fest davon überzeugt, dass auch er diese Bilder schnell wieder löschen möchte.

Fühle mich heute dem Mama-Business außerordentlich stark verbunden. Fühlt sich toll an. Mag vielleicht auch daran liegen, dass gestern die bestellten Babymöbel eingeflogen sind. Vom Babybett bis hin zur Wickelkommode alles da. Passt perfekt! Alles zu meiner vollsten Zufriedenheit. Das Puzzle fügt sich. Habe zusätzlich zu dem Bettchen noch ein Babybay von Dodos Freundin Lisbeth – für wenig Geld – bekommen. Das kann man dann an das eigene Bettchen anbinden und Dodo schwört darauf. Ihres bekommt natürlich Schwester Hanna. So, nun bekomme ich eine angenehme Bettschwere. Gehe jetzt zufrieden ins Bettchen und grüble an dem Feinschliff für Elises Zimmer.

Bin stolz auf Julius! Dass er den Abend über so gut durchgehalten hat und dass er nicht einmal versucht hat, dort nicht hingehen zu müssen. Ich – wir beide wissen, dass er es für mich getan hat. Ich bin mir sicher, dass er wusste, dass es zu einem fürchterlichen Gefühlsausbruch meinerseits gekommen wäre und der wahrscheinlich noch viel anstrengender als fünf von diesen Abenden geworden wäre. So, schnell ins Bett! Kuss für Julius und Augen zu.

9. Monat/33.–36. Woche

Die Frage nach dem »WO« und »WIE«

SSW 33 + 0

Liebes Tagebuch, heute ist ein herrlicher Sommertag. Sitze im Garten unter einem großen erhabenen Baum und bade meine Füße in einer gekühlten Wanne. Sie waren sehr angeschwollen und haben nach Abkühlung gerufen.

Ich frage mich gerade, wie wohl das heutige Datum in genau einem Jahr aussehen wird. Ob ich wohl mit unserer kleinen Elise gemeinsam unter dem Baum auf einer Decke die Baumkrone bewundern werde oder ob ich Dinge mache, die ich heute noch gar nicht erahnen kann.

Stelle mir das heutige Datum, genau vor einem Jahr, vor, und ich muss feststellen, ich war derselbe Mensch, aber in einer komplett anderen Verfassung und im Leben nicht mit der Aussicht, wie es jetzt genau in diesem Moment ist. Ich fühle mich gerade wie die Göttin in einem blühenden Garten. Es ist einer der wenigen Tage, wo ich mich trotz größeren Volumens, Dellen im Po usw. ... unglaublich erhaben und wunderschön fühle. Unter meinem weißen Kleid mit kleinen zarten Blüten darauf bestickt, zeichnet sich mein ganzer Stolz ab, und es lässt mich riesig fühlen, wenn ich mir selbst sage: »Ich werde bald Mutter sein.«

Bis dahin steht mir allerdings noch eine sehr große Aufgabe bevor – die Geburt. Wie du weißt, heißt mein

Umgang mit ihr Verdrängen. Dennoch gibt es ein paar Dinge, die es im Vorhinein zu klären gibt. Hätte mich vor wenigen Monaten jemand gefragt, wie man sein Kind auf die Welt bringt, hätte ich ihn wohl mit großen Augen angestarrt. Wie man das eben so aus den Filmen kennt. Auf dem Bettchen, viel Geschrei, Schwitzen, und Plopp!, da ist es. Am Ende wiegen sie doch alle ihr Baby im Arm und jegliche Anstrengung ist vergessen. Seit meiner Schwangerschaft aber haben sich ganze Themenbereiche aufgetan. Manchmal fühle ich mich wie eine junge Studentin der Gruppe »Bald Mama«. Es ist nämlich alles gar nicht so einfach, wie es scheint. Zumindest nicht in der heutigen Zeit. Denn es gibt die Wahl, und wer die Wahl hat, hat wohl bekanntlich die Qual.

Bei der Frage nach dem »Wo« kannst du vom Klinikaufenthalt, Geburtshaus über die ambulante Entbindung bis hin zu einer Hausgeburt (da ist sie wieder) nachdenken.

Die Frage nach dem »Wie« stellt dir wieder ganz andere Optionen. Ob der Gebärstuhl oder -hocker, Sprosswand, Vierfüßlerstand, Pezziball, Roma-Rad, die Geburt auf der Erde oder das Kreisbett – du hast die Möglichkeit, dein Baby in verschiedensten Positionen auf die Welt zu bringen. Trotz der benannten Vielzahl habe ich einiges vernachlässigt. Ist das nicht verrückt?

In solchen Momenten muss ich an meine Großmutter Anni denken. Sie hat immer von ihren Hausgeburten in der Küche (wir reden hier nicht von einer Wohnküche Deluxe, sondern einer kleinen Kochnische!) berichtet. Damals bin ich auf ihre Geburtsgeschichten noch nicht weiter eingegangen. Heute würde ich ihr Löcher in den Bauch fragen. Was würde ich jetzt dafür geben, mit ihr gemeinsam hier zu sitzen? Oma Anni hat vier Kinder in ihrer kleinen Küchenstube auf die Welt gebracht und Opa Carlos stand ihr als Geburtshelfer zur Seite. Ich denke, die Generation meiner Großmama hat zu einem großen Anteil ihre Babys zu Hause geboren. Sie hatten erst gar nicht die Wahl zwischen verschiedenen Kliniken und die Möglichkeiten zur Schmerzlinderung. Wie die allgemein bekannte PDA, Po-Spritze, Zäpfchen usw. Irgendwie beruhigt mich der Gedanke an die frühere Zeit; sie haben es auch ohne großes Brimborium gemeistert. Das heißt jetzt aber nicht, dass ich meine Zweifel gegenüber einer Hausgeburt in Frage stelle. Dennoch können all diese Wahlmöglichkeiten ganz schön verwirren, und vielleicht wäre es manchmal auch besser, wenn es sie erst gar nicht geben würde.

Auch das Thema Kaiserschnitt hat mich an ängstlichen Tagen schon häufig begleitet. Das kann man wenigstens planen. Du weißt schon, dieses letzte Fünkchen Kontrolle wahren. Manch eine hat auch Panik, untenherum nie wieder in Form zu kommen. Das war natürlich auch schon Thema im GVK. Hebamme Elvira beruhigte uns mit leicht russischem Akzent und meinte, dass sich so eine Vagina wieder wunderbar trainieren lasse. (Die reden über Vaginen wie manch einer übers Naseputzen.) Außerdem ist so ein operativer Eingriff mit einer Wunde verbunden, die natürlich auch seine Zeit braucht zu verheilen. Nach einer Spontangeburt (so nennen das die Profis) ist FRAU meist gleich wieder fit. Eben fit genug, das Baby selbstständig zu umsorgen. Es sind meinerseits nur Fluchtgedanken.

Die am Ende nicht sehr hilfreich sind, denn eigentlich ist meine Angst vor Skalpellen noch viel größer als die des PRESSENS. Habe auch irgendwo mal gelesen, das man nicht einfach so aus dem Himmel heraus einen Kaiserschnitt verlangen kann. Ich merke gerade, dass sämtliche Gedanken für die Katz sind. Es führt ja doch zu nichts. Orientiere mich lieber an beruhigenden Gedanken. Das passiert bei mir eigentlich immer automatisch, bevor es in einem Gefühlsausbruch eskaliert. Wie so ein Filter in meinem Gehirn, der nach »POSITIV« sucht.

Den Gedanke an unsere Erdbevölkerung von über sieben Milliarden Menschen und all die tapferen Frauen hinter den einzelnen Geschöpfen empfinde ich als sehr wohltuend. Irgendwie relativiert sich diese ganze »Panikschieberei«.

Bin nicht viel schlauer, und trotzdem kann ich jetzt zufrieden mein Buch auf die Seite legen und mein Gesicht der warmen, liebenden Sonne zuwenden. Alles wird gut. Alles wird so kommen, wie es kommen soll. Versuche in die Erdmutterflugzeugmaschine und seinen Passagier zu vertrauen. Sprich in mich und meinen kleinen Engel. Wir werden das schon meistern. Voller Zuversicht!

Zwischen Klinikentscheidung und Männerlaunen

SSW 33 + 2

Liebes Tagebuch, jetzt aber mal Butter bei die Fische! Barbara kommt unter Druck! Langsam sollte ich mal konkretisieren, wohin die Reise geht, wenn sie denn so richtig losgeht. Seit Wochen drehen sich meine Gedanken um nichts weiter als um mein kleines Scheißerlein, bin für mein Organisationstalent berühmt und dennoch, gefühlt, die allereinzigst werdende Mami, die nicht weiß, wo sie ihr Kind austragen wird.

Haben in den vergangenen Tagen an einem Infoabend teilgenommen, doch mein liebster Julius hatte derartiges Unwohlsein, sodass ich nur die Hälfte mitbekommen habe. Es war sehr heiß und die Luft unangenehm. Ist ja auch klar. Krankenhausluft, gepaart mit heiß und stickig, ergibt gleich fiese Muffelluft. Es waren bestimmt zwölf Dickbäuche mit ihren Männern. Fast alle haben ihre Frauen gehätschelt und betäschelt, nur mein Julius hat sich nonstop bei mir beklagt. Ich musste ihm gut zureden und Wasser besorgen. Es war nun nicht so, als hätte ich mich sonderlich wohl gefühlt.

Erinnere mich gerade an die Worte von Kordola, deren Mann nur wenige Stunden nach der Geburt seine Frau zum Getränkeholen geschickt hat. Mit den Worten, er sei von all dem (GEBURT) sehr geschafft. Kordola ist eine Mami-MAMI und wohl eine der sehr wenigen Frauen, die, während sie solche Geschichten erzählen, ein herzhaftes Lächeln über die Lippen bringen. Eine Mami-MAMI bezeichnet eine Frau, die ihren Mann als großes Baby mitversorgen muss. Das müssen wir wohl alle so ein bisschen, doch bei Kordola und Wölfi ist das ein Extrem. Das Gute daran ist, sie scheinen eine sehr glückliche Ehe zu führen. Das denke ich, zumindest weil sie immer sehr ausgeglichen wirken und mittlerweile Eltern von vier Kindern sind. Betonen sollte ich »von vier Jungs«. Eine andere hätte ihn bestimmt schon vor die Tür gesetzt. Hier trifft ganz das Motto: »Deckel auf Topf gefunden.«

Ich gehöre zu den Glücklichen, die ihren Topf auch schon finden durften. Manchmal muss man wohl seinen Topf in einem neuen Wärmezustand wahrnehmen (klingt wirr). Ich will damit sagen: Manchmal muss man ihn NEU entdecken. Julius lässt sich auch neu entdecken. Er ist in manchen Dingen furchtbar seltsam. Abgesehen davon hat er über 5 kg zugelegt und ist offensichtlich darüber frustriert. Das Nervige daran, er beschuldigt mich seiner Pfunde. Als hätte ich nicht schon genug Eigenfettanteil-Probleme. Unmöglich! Nach dem Infoabend frage ich mich, wie er wohl die Geburt überleben soll. Mit meinem Opa Carlos hat er jedenfalls nicht sehr viele Parallelen. Bin ein wenig darüber erzürnt und wäre gerade in der Verfassung, mit ihm zu streiten. Ihm an den Kopf zu werfen, dass er nicht ganz unbeteiligt ist und war und wir das jetzt gemeinsam durchstehen müssen.

Zum Glück ist er gerade nicht da, denn seit den letzten Monaten verspüre ich Streitlust, und hinterher muss ich fürchterlich weinen und alles tut mir unwahrscheinlich leid. Ich sage zu mir: »Barabara, bleib ruhig, suche nach Argumenten, für Julius ein bisschen mehr Verständnis aufzubringen.« Vielleicht hat es in den letzten Tagen nur so auf ihn hineingeprasselt. Vielleicht macht es bei ihm gerade klick: »Es wird wahr – ich werde bald Papi sein.« Ich werde dicker und dicker, er wird dicker, das Kinderzimmer sieht schon ziemlich bezugsfertig aus (für sein

Auge jedenfalls), und dieser verrückte Partnerabend ging mit Sicherheit auch nicht ganz spurlos an ihm vorbei.

So, nun zurück zum »Wo«. Vermute, diese Entscheidung allein fällen zu müssen. Muss das mal ganz pragmatisch angehen. Ich möchte ja »nur« ein Baby auf die Welt bringen und nicht in ein Wellnesshotel einziehen. Jedenfalls stehen für mich zwei zur Auswahl. Eines davon habe ich mit Julius besucht und wurde schon gleich von Anfang an von einem unguten Gefühl begleitet. Das mag vielleicht an Julius' mieser Laune gelegen haben oder an dieser fiesen Luft oder an beidem. Es ist die kleinere Klinik und von sehr vielen befürwortet. Mit der Begründung, es sei »gemütlicher«, »familiärer«. Weiterer Vorteil, Peppi könnte mich dort als Beleghebamme begleiten. Nachteil: Sollte unser Baby Hilfe benötigen, müsste es in die größere Klinik transportiert werden. Ich möchte nicht pessimistisch sein, doch das letzte Stückchen »Kontrolle wahren, wo noch möglich« ist eben von Barbara Klüse geblieben. Es wird also die größere Klinik mit über 2000 Geburten pro Jahr. Für viele Massenabfertigung. Für mich ein Ort der Sicherheit. Am Ende wird auch alles ein bisschen Glückssache sein. Sowohl in der kleinen als auch in der großen Klinik kann der Bär steppen oder gerade Flaute sein. Und so ein bisschen wird auch alles von meinem Gesamtzustand abhängen. Julius und ich wünschen ein Familienzimmer. Das kann man in beiden Kliniken als Wunsch angeben, doch nicht reservieren. Ist ja klar. Keiner weiß, wann es denn tatsächlich losgeht. Auch das ist Glücksspiel. Ende gut, alles gut.

Dieses Pfündchen Glück wird schon zur richtigen

Zeit am richtigen Ort eintrudeln. Entscheidung gefällt. PUNKT. Basta.

Mutterschutz

SSW 34 + 2

Liebes Tagebuch, es ist verrückt, aber wahr. Vor genau zwei Tagen habe ich mich von meinem BÜRO verabschiedet. Es begleitet mich ein sehr komisches Gefühl. Dabei hatte ich mich doch die ganzen Wochen über schon so sehr auf ein »Ruhe vor dem Sturm« gefreut. Auf ausgiebige Café-Bummelstunden mit Sahnetorte und Kakao-Sahne, Kinderzimmer-Finalgestaltung, Dickbäuche begutachten, Putzwahnaktionen ausbauen, Prinzessinnen-Schönheitsschlaf usw. Eben alles, was man ohnehin schon macht, nur doppelt und dreifach.

Habe mir für diese neue Lebensphase ein köstliches Frühstück gezaubert, mit allem, was mein Mami-Herz begehrt. Das Seltsame daran ist: Kann es kein bisschen genießen, habe einen Klos im Hals und keinen Appetit. Mir schießen die Tränen nur so in die Augen und ich kann gerade nicht so recht zuordnen, woher dieses Traurigsein rührt. Vielleicht weil ich tief in meinem Inneren dem ganzen Unternehmen gekündigt habe und weiß, dort nie wieder hin zurückzukehren. Dass meine letzten zehn Jahre mit Dr. Steinberger und dem ganzen Drumherum ein Ende hat. Dass es mit dem Muttersein ernst wird, mein kleiner Schatz seine Höhle bald verlassen wird und die Ära Schwangersein bald vorbei sein wird.

Dass alles, was noch kommt, mit einem riesengroßen Fragezeichen versehen ist und meine Zukunft, gerade in diesem Moment, keine konkreten Pläne aufweist, und ich merke, wie unruhig mich das Ganze macht. In letzter Zeit war ich mit der ganzen Arbeitsweise nicht mehr glücklich und trotzdem traure ich allem hinterher (es heißt was, wenn ich keinen Hunger habe) und sehne mich nach Vertrautem.

Liebes Tagebuch, bin ich seltsam oder liegt es in der Natur des Menschen, ganz nach dem Motto: »Lieber weiterhin unzufrieden leben, bevor Unvorhersehbares angehen«?

Drum fällt es mit Sicherheit auch vielen unglücklichen Paaren schwer, einen Schlussstrich hinter ihr Elend zu ziehen.

Wie bei Elly, die von ihrem Freund ganze fünf Mal betrogen wurde, bevor sie ihn endgültig verlassen hat. Bereits nach dem ersten Mal war das Vertrauen futsch. Es waren Jahre des Leidens und ich hätte sie manchmal am liebsten an die Wand geklatscht, damit sie endlich aufwacht.

Mein Mutterschutz fühlt sich an wie das Beziehungsende einer langjährigen Partnerschaft. Glaube, Dr. Steinberger leidet auch auf seine Art und Weise. In wenigen Wochen wird Dian ihm auch noch den Rücken kehren. Es gab ja nicht nur den kühlen Dr. Steinberger, sondern auch eine Menge liebenswürdiger Mitarbeiter, die mich auf eine ganz liebevolle Weise verabschiedet haben und fest davon überzeugt sind, mich in den nächsten Monaten wiederzusehen. Sie haben einen richtigen Brunch aufgefahren und auch Dr. Steinberger war anwesend. Er überreichte mir einen wirklich hübschen Strauß Blumen, den er laut Dian selbst organisiert hatte. Ich finde, das ist bedeutender als der Strauß selbst. Er sagte sogar so was wie: »Sie werden mir fehlen.« Schon wieder muss ich weinen. Er weiß bestimmt, dass ich nie wieder kommen werde, und hat heute bestimmt auch einen Trauertag. Rege mich über mich selbst auf, dass ich mich so unglücklich fühle, wo ich doch ab heute machen kann, was ich will.

Vielleicht habe ich eine Art Urlaubsdepression. Das hab ich mal irgendwo aufgeschnappt. Das kann passieren, wenn die menschlichen Motoren immer auf hundert laufen und dann mit einem Mal auf null stehen. Muss mich bestimmt mal wieder neu sortieren. Wie ohnehin schon die letzte Zeit – öfter mal.

Werde jetzt alles so stehen und liegen lassen und mich aufs Sofa legen. Schlafen, so lange ich will, und dann zum Baby bummeln. Außerdem muss ich seit einigen Tagen gefühlt dreihundertmal zur Toilette, das war mir im Bürogeschehen schon ziemlich unangenehm, und das viele Sitzen und Wasser in den Beinen war auch doof. Gut, dass dieses Bürogeschehen ein Ende hat.

Suche und finde das Gute! Verabschiede mich jetzt erst mal aufs Sofa.

Annehmen und Wunder erleben

SSW 35 + 1
Liebes Tagebuch, wenn ich die letzten Wochen zurückblicke, bin ich sehr glücklich darüber, dem »Öko-Treff«

eine zweite Chance gegeben zu haben. Nach der ersten Einheit war ich so sehr irritiert, dass ich schon darüber nachgedacht habe, nie wieder dort hinzugehen. Es hatte mich alles verwirrt, doch nun freue ich mich schon wieder riesig auf einen weiteren »dicken Austausch«. Ich habe mich einfach auf die Gruppe mit Öko-Flair eingelassen und dabei angenommen, dass die Rothaarige beneidenswert schmal geblieben ist, während ich im Vergleich zu früher meine eiserne Disziplin an den Nagel gehängt habe und eben wie eine rundum dicke Frau herumlaufe.

Sie lutscht noch immer an ihrer Vollkornstange, während ich meinen Spaß habe und mit zwei Himbeer-Sahne-Törtchen den »Laden« betrete. Ich habe die Dicke mit ihrer wahnsinnig lauten Lache in mein Herz geschlossen und lache einfach lauthals mit. Ich habe mir braune Sandalen gekauft und trage sie tagein, tagaus. Sie sind das Bequemste, was ich je in meinem Leben getragen habe. Ich habe die spießige Anetta von einer neuen Seite kennengelernt und finde sie großartig. Ich liebe sie für ihre vielen Fragen. Die ich mir im selben Maße stelle und vor Verklemmtheit und Scham niemals nie laut aussprechen würde. Es ist nicht so, als würde sie frei und fromm diese Fragen stellen, doch sie tut es, und dafür danke ich ihr. Ich bin mir sicher, der ganze Kurs dankt ihr dafür.

Anetta möchte wissen, wie man sich verhalten muss, wenn man während des Geburtsvorgangs den Stuhlgang nicht kontrollieren kann; ob es normal ist, wenn untenherum alles so ein bisschen größer wird (ist total normal), ob Dammmassagen wirklich helfen und ob andere Frauen in der Regel untenherum »gestylt« die Klinik betreten. Es beruhigt mich, dass sich anscheinend alle diese Fragen stellen. Laut Hebamme Renate sollten wir uns kein bisschen mit solchen Gedanken belasten, denn wie sie so schön sagte: »Am Ende zählt nur der erste Atemzug deines Babys und das Drumherum interessiert keine Laus.« So eine vorbereitende Dammmassage kann machen, wer sich damit besser fühlt. Ob es wirklich hilft, weiß jeder eben erst hinterher. Habe diese vorbereitende Maßnahme ausgelassen. Doch den Tipp, die Brustwarzen mit Öl auf das Stillen vorzubereiten, habe ich wahrgenommen. Zupfe schon seit zwei Wochen jeden Abend an meinen überaus großen Brüsten herum. Mal sehen, ob das zum Erfolg führt. Habe mir jedenfalls fest vorgenommen, die ersten Monate zu stillen. Dodo meinte, dass es nicht nur das Beste fürs Baby ist, sondern auch ein wunderbares Mittelchen, die Pfunde purzeln zu lassen. Finde übrigens auch, dass mein Schamgefühl in den letzten Monaten einen starken Wandel vollzogen hat. Diese regelmäßigen Termine bei Frau Dr. Sonnhild, die intensiven Gespräche und Statements aus diversen Foren von und mit Schwangeren. Es scheint mich ein Stück weit abgehärtet zu haben. Ich bin davon überzeugt, das Mutter Natur diesen Prozess beeinflusst, damit auch Barbara Klüses ihr Baby auf die Welt bringen können, ohne vor Scham zu sterben.

Mein Fazit: Wer sich auf Neues einlässt, kann Wunder erleben. Ich habe für mich erkannt, dass es verdammt schön sein kann, Verurteiltem eine Chance zu geben. Früher hätte eine Barbara gewiss nicht ihre Gefühle in einer Gruppe, sitzend um einen Kreis (immer unterschiedlich geschmückt), geteilt. Heute ist es das Highlight der Woche. Gute Nacht.

PS: Hatte gestern FA-Termin. Elise geht es wunderbar. Sie wiegt schon so viel wie 2,5 Tüten Milch. Finde ich echt WOW. Leider habe ich fast genauso viel in den letzten drei Wochen zugenommen. Ich weiß auch nicht … Freue mich über ein gesundes Baby und blende diese blöde Gewichtstabelle aus.

Kliniktasche und das Drumherum

SSW 35 + 5
Liebes Tagebuch, habe mich in den letzten Tagen um alle möglichen Dinge gekümmert, um die man sich als werdende Mami so kümmert. Es wurde auch allerhöchste Zeit. Jetzt aber habe ich es geschafft! Alle Anträge sind fertig ausgefüllt. Hätte im Leben nicht gedacht, dass ein Baby mit so vielen Anträgen einhergeht: Elterngeldantrag, Kindergeldantrag, Versicherungen abklären (z. B: Kranken- und Haftpflichtversicherung). Wenn es den Öko-Club nicht geben würde, hätte ich schon längst an meiner Intelligenz gezweifelt. Anscheinend sind alle damit etwas überfordert und genervt. Ganz nach dem Motto: »Geteiltes Leid ist halbes.«

Das Organisatorische ging weiter … Von der Kliniktasche bis hin zur Krankenhausanmeldung. Bin heute Morgen gleich los, um mich in der »großen Klinik« anzumelden. Habe mich in der Babyproduktionsstätte (so wie es gemeine Zungen nennen) pudelwohl gefühlt. Ein großartiger Platz, um Gleichgesinnte zu beobachten. Konnte zwei sehr, sehr dicke Frauen unter die Lupe nehmen. Die eine hing an ihrer Mutter, während sie den Gang in kleinen, mühsamen Schritten hoch und runter ging. Wenn sie nicht gerade einen sehr leidenden Blick aufgesetzt hatte, lachte und amüsierte sie sich. Schon ein bisschen seltsam. Habe ja noch nie ein Baby geboren. Schätze, das war dann die wohlbekannte Wehenpause. Die wurde bestimmt von der Hebamme »ein paar Runden drehen« geschickt, um die Geburt voranzutreiben. Zumindest wurde uns das so im GVK beigebracht. Die andere Frau musste schon in einem fortgeschrittenen Stadium gewesen sein. Auf dem Weg zum Kreißsaal-Durchlass musste sie zweimal in die Knie gehen. Ihr Mann umklammerte sie stützend. Als sie einen kleinen Moment durchatmen konnte, klingelten sie wie verrückt, um den Kreißsaal zu betreten. Ab da war dann mein Einblick vorbei, und mehr hätte ich auch nicht sehen wollen.

Ein verrückter Gedanke, dass dieses Paar nicht mehr als Paar diese Tür, sondern als Familie verlassen wird, und noch viel verrückter ist der Gedanke, dass wir auch bald dran sein werden. Wenn ich ehrlich sein soll, fürchte ich mich gerade in diesem Moment vor der Geburt und es überkommt mich regelrecht ein Schauer.

Rosemarie (Mamas Nachbarin) hat mir vor Kurzem erst gesagt: »Babsi, vor der Geburt brauchst du kein bisschen Angst haben. Du musst dir das wie einen Marathonläufer vorstellen, der muss auch viel schwitzen, bis er voller Erschöpfung und Glück seine Medaille um den Hals gehängt bekommt.« Rosemarie erzählt immer gerne. Ich mag ihre positive Art. Irgendwie beneide ich die Frauen, die diese Geburt hinter sich gebracht haben und nun ihren »WOHLVERDIENTEN« Schatz in den Armen halten dürfen.

Konnte noch ein anderes Paar beobachten. Sie lief breitbeinig watschelnd ihrem Mann hinterher, der mit der Babyschale Richtung Ausgang stolzierte. Die Frau sah noch sehr schwanger aus und dazu ein bisschen aufgequollen, dennoch mehr als glückselig. Will nicht wissen, wie ich bald aussehen werde. Diese Vorstellung verdränge ich besser. Will auch gar keine Waage mehr betreten. Angst zu groß.

Peppi nahm es mir übrigens nicht krumm, die große Klinik vorzuziehen anstatt ihre Qualitäten als Beleghebamme. Sie hat für meine Ängste und Sorgen Verständnis, und das, wo sie doch am liebsten Hausgeburten begleitet.

Nach meiner Klinikära habe ich mich gleich noch dem »Kliniktasche-Packen« gewidmet. Hatte es auf die lange Bank geschoben, weil ich befürchtete, einen Fünf-Wochen-Koffer zu packen. Es gibt unzählige Listen im Netz zu: »Wie packe ich meine Kliniktasche?« Mein Problem liegt in der Entscheidungsfindung. Ich packe immer zwei statt drei Teile. Ganz nach dem Motto: »Besser zu viel als viel zu wenig.« Meine ersten drei gepackten Zutaten waren Schokokekse, Schokolinsen (auf die fahre ich momentan voll ab) und abgepackte Zitronenmuffins. Habe mir fest vorgenommen, dass dies die letzte Süßigkeitentasche sein wird, bis ich wieder geschrumpft bin. Habe noch Capri-Sonne und Brezeln eingepackt. Falls uns (Julius vielleicht auch) herzhafte Gelüste überkommen. Finde die Vorstellung, mit einer Tasche voller Fressalien den Kreißsaal zu betreten, pervers, aber irgendwas muss ja dran sein, wenn auf sämtlichen Infoblättern zum Klinikkoffer »Snack nicht vergessen!« steht. Kann mir irgendwie nicht vorstellen, dass man da ans Essen denkt. Schon gar nicht, wenn man bedenkt, dass sich der Körper wohl auf natürliche Art und Weise vor der Geburt noch zu entleeren beginnt. Außer man wünscht einen Einlauf. Früher haben sie den wohl immer verabreicht, heute hängt es von der Klinik und dem Wunsch der Frau ab. Werde alles auf mich zukommen lassen.

Bin jetzt bestens vorbereitet und ein wenig stolz auf meine fleißigen Handlungen.

10. Monat/37.–40. Woche

Peppis Chichi

SSW 37 + 3

Liebes Tagebuch, musste gerade feststellen, dass mein letzter Eintrag eine »Ewigkeit« her ist. Das trotz Mutterschutz und eigentlich sooooo viel Zeit. Ich weiß nicht, was ich die ganzen Tage gemacht habe … Sie waren jedenfalls ausgefüllt. Dieser heutige Morgen fing überaus prächtig an. Peppi kam vorbei und brachte einen Himbeerblättertee mit. Davon soll ich nun eine Tasse täglich eine Woche lang schlürfen und dann wieder eine Woche pausieren. Peppi nennt ihn den Wundertee. Er ist reich an Vitaminen und Mineralstoffen und wirkt lockernd auf den Muttermund. Dann packte sie kleine Akupunkturnadeln aus und bestückte mich mit ihnen. Das tat auch gar nicht weh. Während ich ganz entspannt auf dem Sofa lag, erzählte Peppi voller Überzeugung, dass diese chinesischen Naturheilverfahren der absolute Oberknaller seien und sogar Studien belegen, dass sie die Geburtszeit verkürzen. Peppi hätte mir auch erzählen können, das Elefanten pink und Schafe blau sind. Ich hätte auf meiner Matte gelegen und genickt. Sie hat so eine »Tra-raa«-Art, die mich am Ende alles glauben lässt.

Irgendwie mag ich dieses »Chichi«. Hier bisschen Tee und da bisschen Nadeln. Vielleicht haben Hebammen wie Peppi solche Dinge für Frauen wie mich erst erfunden. Es gibt mir das Gefühl, ein klitzeklein bisschen Einfluss auf das ganze Geschehen zu bekommen.

Schon gewitzt, wie ich so oft dem Irrglaube verfalle, über dieses Leben auch nur einen Hauch von Kontrolle zu haben. Wahrscheinlich ist deshalb auch dieses Mutterwerden so aufregend. Es ist das pure Leben und hält mir mal wieder den Spiegel vor die Nase, nicht FRAU ALLMÄCHTIG zu sein. Am Ende müssen wir wohl alle in dieses Leben vertrauen.

Es ist alles so verrückt! Neun Monate wächst es in einem heran. Mit Augen, Ohren, Nase und sogar Augenbrauen. Diese Vorstellung finde ich echt abgefahren. Neun Monate bauscht sich die Aufregung vor dem großen Ereignis »Geburt« auf. Natürlich habe ich mir dazu schon hundertmal einen Film ausgemalt. Mit allen Infos, die in den letzten neun Monaten auf mich hereingeprasselt sind. Ein selbstkreierter Barbara-Klüse-Geburtsfilm aus Magazinen, Büchern, Schwangerschaftsforen, Hebammen und hormongesteuerten Schwangeren aus dem GVK. In den letzten Monaten haben so viele Menschen ihren Senf zu »Geburt« und »Kinderkriegen« abgegeben. Einen Senf, den ich aufgesaugt habe, als wäre er Erdnussbuttercreme. Ich wollte alles hören, lesen und sehen. Habe im Internet Mäuslein gespielt und schwangere Stars gegoogelt. Sogar Instagram Accounts von irgendwelchen Frauen dieser Welt studiert, die mit täglichen Selfies und Berichten ihre ganz persönliche Geschichte erzählen. All das hat meinen ganz persönlichen Film entstehen lassen und am Ende bin ich kein bisschen schlauer. Denn keine Vorstellung dieser Welt verrät mir, wie es in Wirklichkeit sein wird. Niemand kann mir sagen, wie ich diese Geburt meistern werde. Niemand kann mir sagen, wie diese allererste Begegnung mit unserer Tochter sein wird. Es ist und bleibt ein Zauber, bis er Wirklichkeit geworden ist.

Siehst du, liebes Tagebuch, da wären wir wieder bei der Stimme, die mir sagt: »Babsi, du MUSST Vertrauen haben.« Das fällt mir nur leider nicht besonders leicht. Sonst würden mich mit Sicherheit auch keine Begegnungen mit unsensiblen Katharina Baumanns aus der Fassung bringen können. Eine ehemalige Kommilitonin von Julius. Sie lud uns zu ihrem Geburtstag ein. Eine kleine Runde, bestehend aus drei Pärchen. Alle kinderlos. Sie fragte mich in aller Runde, ob ich nicht schon sehr große Angst vor der Geburt hätte, ließ mich gar nicht erst antworten und feuerte los: »Also ich hätte riesige Angst, und neulich erst hat meine Arbeitskollegin Lilly erzählt, dass es das Allerschmerzvollste in ihrem Leben war.« Sie fragte und gab sich selbst eine Antwort, während sie sich gleichzeitig erklärte, warum. Ich wäre am liebsten aufgestanden und weggelaufen. Blieb aber brav sitzen, meinte, dass ich doch schon sehr gespannt sei, und wechselte das Thema. Ist es nicht einfach nur gemein und taktlos? Mit meiner riesigen Kugel saß ich da, in mir brodelt es ohnehin. An manchen Tagen könnte ich weinen, weil ich so aufgeregt bin, und dann kommt da so eine doofe Katharina und bringt meinen ruhiggestellten Vulkan zum Glühen. Sie wollte nicht wissen, wie es mir geht, sondern mitteilen, wie schrecklich sie alles finden würde. Sie gehört zu den Menschen, die meinen Geburtsfilm negativ beeinflussen, und das kann ich nun derzeit überhaupt nicht gebrauchen. Auf dem Weg nach Hause habe ich mich gar nicht mehr einbekommen. Über den Abend hat sich eine Menge Wut angestaut, die natürlich Julius abbekommen hat. Wie so oft in letzter Zeit. Ich glaube, er hat sich ein ganz besonderes Schutzfell angelegt. Ansonsten würde das auch kein Mann aushalten. Zumindest denke ich das in meinem »Normalzustand«. Der nicht sehr oft und lang anhaltend ist.

Zurück zu Peppi. Sie hat auch eine außerordentlich beruhigende Wirkung auf mich und meine Sorgen. Während ihrer Chichi-Einheit erzählte sie aus ihrem verrückten Hebammenalltag. Von einzigartigen Hausgeburten, wo Männer als Geburtshelfer (denke an Opa Carlos) fungierten und sie der werdenden Familie zusehen durfte. Momentan zweifle ich vielmehr an Julius' Nervenkostüm, als dass ich ihn mir als Geburtshelfer ausmalen könnte. In meinem Film nickt er derzeit auf die Seite oder läuft weg.

Peppi aber nahm mir alle Sorgen und meinte, ich solle mir mal keine Gedanken darüber machen, das wird alles seinen Weg gehen und auch Männer mit ihren Aufgaben wachsen oder sogar darüber hinaus. Ich weiß nicht warum, aber Peppi beruhigt mich und macht mir gute Laune.

So ging meine Reise mit bester Laune weiter zu Frau Dr. Sonnhild, die mit uns außerordentlich zufrieden war. Elises Herz schlägt gesund und munter und sie hat auch schon die richtige Position eingenommen. Ihr Köpfchen ist im Becken eingetreten. Bin heilfroh darüber. Ist ja immerhin schon mal eine gute Voraussetzung für eine natürliche Geburt. Thema Gewicht wurde auch abgefrühstückt. Weiß schon gar nicht mehr, wie ich es finden soll. Ich kann schlank gebliebene Schwangere nicht verstehen. Besser gesagt, wie sie das geschafft haben. Ich beneide sie. So wie mich auch ganz bestimmt immer andere um meine Disziplin beneidet haben. Als hätte ich mit einigen anderen in den letzten Wochen die Rollen getauscht. Mein Gewicht liegt bei 79,8 kg und ich habe noch immer nicht die Ziellinie erreicht. Habe übrigens versucht, die Augen beim Wiegen fest zusammenzukneifen. Hat natürlich nicht geklappt!

Lass mich jetzt nicht aus der Ruhe bringen. Heute war nämlich ein guter Tag. Bisschen Chichi und in mir sitzt auch alles richtig. Was will ich mehr? Gute Nacht.

Baby im Kopf

SSW 37 + 6
Liebes Tagebuch, es ist schon eine seltsame Welt, die der werdenden Mamis. Dieser Hormoncocktail geht sicherlich an keiner spurlos vorüber und in gewisser Weise sind eine Menge Parallelen wiederzufinden. Vielleicht finden wir uns gerade deshalb untereinander so interessant und können gar nicht genug von uns bekommen. Selbst ich, die im Leben nicht von sich geglaubt hätte, jemals auf so einen Mamikram abzufahren, hat es auf ganz besondere Art und Weise erwischt.

Jetzt befinde ich mich schon im letzteren Teil dieser Hormonreise und habe die unterschiedlichsten Eigenschaften im Leben einer Schwangeren festgestellt.

Zunächst einmal denke ich, dass Geburtsvorberei-
tungskurse und/oder Schwangerschaftsgymnastik usw.
in erster Linie nur deshalb so gut besucht werden, weil
es sich unter Gleichgesinnten eben unwahrscheinlich gut
leben lässt. Frau fühlt sich wohl im Austausch über irgendwelche Schwangerschaftsbeschwerden, wie die am
häufigsten geklagte Müdigkeit, Putzwahn, falsch inter-
pretierte Übungswehen, besondere Gelüste oder Besenreiser an sämtlichen Körperstellen.

Okay, da mag es Hanna geben, die neulich mal meinte,
sie fühle sich in so einer Runde ein bisschen fehl am
Platz. Insgeheim kann sie mir erzählen, was sie will, ich
bin mir sicher, dass auch in ihrem Leben kein Tag ohne
Baby im Kopf vergeht! Mir fällt jedenfalls auf, dass diese
Themen bei den meisten bis ins unermüdliche durch-
gekaut werden und kein Ort der Welt dafür geeigneter
ist als eine Zusammenkunft kugelrunder Frauen. Vielleicht erzählt die eine mehr als die andere. Das Interesse
ist bei allen da. Sie alle haben füreinander Verständnis,
wenngleich ich feststellen muss, dass sich auch hier die
unterschiedlichsten Typen herauskristallisieren. Es treffen Frauen aufeinander, die sich »unschwanger« ganz bestimmt anschweigen würden und mit einer Babykugel
auf einmal ganz dicke sind.

Ich bin auch der festen Überzeugung, dass diese ge-
meinsame Reise mit der Geburt ein Ende haben wird.
Zumindest in diesem Ausmaß. Es ist, als würde eine
Horde von Frauen auf einer gemeinsamen Welle reiten
und irgendwann stranden. Mit der Strandung beginnt
dann wieder für jede eine neue Reise.

Während meiner bisherigen Zeit ist mir auch ganz besonders aufgefallen, wie werdende Mütter dazu neigen, ihr Ungeborenes zu nennen. Von Böhnchen, Wutzebutze, Träubchen über Cinderella, Waldfee und Hasenpups. Ich weiß nicht, woran es liegt, aber es scheint in der Natur der Frau zu liegen, seinem größten Schatz einen Namen zu geben. Ich denke, dass die werdenden Papis das Spiel mitspielen, kann mir aber nicht vorstellen, dass sie die Erfinder dieser Namen sind. Ich rede hier gerade so, als würde es mich selbst nicht betreffen, dabei bin ich eine große Meisterin im Namengeben. Gefühlt wechselt er wöchentlich. Auch hierfür haben Schwangere mit Sicherheit wesentlich mehr Verständnis als irgendein Außenstehender.

Apropos Name. Habe dir noch nie berichtet, wie es zu Elise kam. Wir lagen im Bett und die wildesten Namen flogen durch den Raum. Als wir bei Rosine angekommen waren, legten wir unsere Namensfindung auf Eis. In dem Moment noch dachte ich, das Baby wird nie einen Namen bekommen. Denn wenn Julius mitreden will, ist er auch nicht zu überreden. Wir ließen den Namen Namen sein und Julius erzählte von seiner Arbeit und dass er zwei nette Werkstudenten in seinem Team habe, die gut mitarbeiten. Er führte fort, Elisa und Mark … Plopp, da war's. Ich sagte: »Julius – Elisa? Was für ein schöner Name!« Und er sagte: »Ja, das stimmt, würde dir die ›e‹-Version, ELISE, auch gefallen?« JA – ich war begeistert, und noch viel mehr, so schnell auf einen Nenner gekommen zu sein. Bis jetzt gab es keine Zweifel, und das mit meinen doch sehr turbulenten Gefühlsachterbahnen. Wir hatten auch gleich abgemacht, niemandem den Namen zu verraten. Denn so taff und selbstsicher ich auf meine Mitmenschen wirken mag, so schnell würde es mich aus der Bahn werfen, wenn mich der ein oder andere kritische Blick treffen würde. Julius würde sich davon kein bisschen beeindrucken lassen, ich aber sehr. Wenn Elise erst mal da ist, sagt keiner was, und wenn, dann zumindest nicht zu mir. Vielleicht ist das auch der Grund, warum es so viele Hasenpüpse und Cinderellas gibt.

Diese verrückte Zeit endet so langsam und ich bin gespannt, was sie dann mit mir noch so alles anstellen wird. Ich bin gerne ein Teil dieser wild gewordenen Wellenreiter, und ich liebe Zusammenkünfte mit diesen verrückten Schwangeren, und ich liebe es, andere Dickbäuche zu beobachten, und fühle mich in ihrer Gegenwart pudelwohl. Bei mir ist einfach jeder Tag »Baby im Kopf«.

Neue Züge

SSW 38 + 2

Liebes Tagebuch, unvorstellbar! War heute schon im Bastellladen einkaufen und fleißig am »handwerkeln«. Wie ich finde, können meine selbstgemalten Bilder noch mit ein paar Glitzerflöckchen verziert werden. Ja, du hörst richtig! Selbstgemalte Bilder. Es wird immer verrückter mit mir. Hatte mit Speckrollen genauso wenig am Hut wie mit einem Pinsel und Leinwänden, und das, wo meine Mutter Malerin ist. Sie wird bei ihrem nächsten Besuch staunen und ganz bestimmt nicht glauben können, was sie da an der Wand schimmern sieht. Selbstgemalte Herzen in bunten Farben, mit Glitzerschimmer, made by Barbara Hermina Klüse. Das letzte Mal hielt ich in der Oberstufe einen Pinsel in der Hand. Eigentlich habe ich das gar nicht so ungern gemacht. Aber wie so oft war die letzten Jahre kein Platz für irgendwas. Schon gar nicht fürs Basteln.

Unsere Gesellschaft ist gekennzeichnet von »keine Zeit«. Wie irrsinnig, dabei verschwenden wir oft Stunden mit so nutzlosem Kram.

Na ja, während ich dasaß und malte, wirbelten meine Gedanken fröhlich und entspannt umher. Sie kreiselten um neue Berufswege und sinnvolle Tätigkeiten, wie die Eröffnung eines Cafés, wo Mütter und Kinder sich austauschen können, mit geleiteten Workshops à la Peppi über Naturheilverfahren. Einer kreativen Malstube für Quereinsteiger wie mich. Ich malte mir Räumlichkeiten und Tischdekoration aus. Ja, es klingt wirklich sehr verrückt. Ich glaube, ein breites Lächeln auf den Lippen getragen zu haben.

Ich, Barbara Hermina Klüse, die Unternehmensberaterin, die Zahlenfrau, die Disziplinierte, sitzt hochschwanger mit einem Pinsel in der Hand da und träumt von einem kreativen Mutter-Kind-Café. Das könnte ich im Leben niemandem erzählen, die würden meinen, ich ticke nicht mehr richtig. Na ja, meine Malstunden haben jedenfalls Spaß gemacht, und warum soll der Mensch nicht auch ganz eigene Geheimnisse mit sich herumtragen? Warum soll man sich nicht seinen Träumereien hingeben und einfach mal in eine neue Rolle schlüpfen? Jedenfalls hat es Spaß gemacht, und für meinen Geschmack hätte auch kein noch so teuer bezahltes Bild dieses Tüpfchen Liebe hineinzaubern können. Selbst Julius war fasziniert, wahrscheinlich viel mehr davon, dass ich selbst einen Pinsel in die Hand genommen habe.

Ich freue mich über den letzten Feinschliff in Elises Zimmer. Witzigerweise finde ich immer wieder Neues zu tun. Manchmal wende ich auch nur die rosa-weiß gestreiften Körbchen in der Wickelkommode.

Habe übrigens das Gefühl, dass Julius wieder ein bisschen normaler geworden ist. Mit seiner Fitness ist er noch nicht ganz so im Reinen, aber sein Gesamtzustand scheint ein viel besserer. Wahrscheinlich hatte er auch kleine Anflüge von: »UIII – jetzt wird's ernst!« Ich meine, die Menschheit um uns herum kann an manchen Tagen auch sehr furchteinflößend sein. Sprüche wie: »Schlaft euch noch mal so richtig aus, geht noch mal entspannt ins Kino, Essen, tut euch noch mal was Gutes.« Als wäre das Leben in ein paar Tagen vorbei. Eine Verkäuferin sah mich mit fast mitleidigen Blicken an und sagte: »Na, das dauert ja nicht mehr lange. Sie sind bestimmt aufgeregt. Ist ja auch eine Aufgabe, so ein Kindlein großzuziehen.« Wieso sollen solche Kommentare, über neun Monate, an Mann spurlos vorbeiziehen?

Neulich kullerten mir die Tränen nur so heraus, als ich eine Einladungskarte für »in vier Wochen« in den Händen hielt. Weiß ja jetzt schon, dass ich bis dahin Mami sein werde und gewiss nicht dabei sein kann. Es überkam mich eine leichte Panikattacke, dass ich mein Leben verlieren werde.

Noch vor ein paar Wochen hätte ich mich allein für solche Gedanken verrückt gemacht. Heute aber denke ich mir: »Okay, Babsi, ruhig geblieben, geht bestimmt der ein oder anderen werdenden Mama auch so.« Der GVK war mir sehr hilfreich. Irgendwie merkt FRAU, mit all diesen Gedanken doch nicht ganz so alleine dazustehen.

Habe übrigens die Nummer von Frageperle Anetta schon unter meinen Favoriten abgespeichert. Wir schreiben uns fast täglich und informieren uns über Belangloses.

Leichte Kost, keine wilden Infos und trotzdem schön, vom anderen zu hören. Wir haben uns fest vorgenommen, nach getaner Arbeit (die Geburt) und ein wenig Ankunftszeit zu Hause uns mit Baby wiederzusehen. Unsere Stichtage liegen sehr dicht aneinander. Bin mal gespannt, wer von uns das Rennen macht. Unsere kleinen Cinderellas wären jetzt zumindest keine Frühchen mehr (nach Vollendung der 37. SSW). Anetta wird auch Mädchen-Mami, und ihre Kleine soll Louni heißen. Sie gehört zu den Mutigen, die ihren Namen verraten.

Anetta hat mich sehr überrascht. Wenn ich so zurückblicke, war sie auf den ersten Blick die Biedere, der ich komplett andere Wesenzüge zugeschrieben hätte. Gewiss hätte ich mir so was wie eine Freundschaft nicht vorstellen können. Heute aber sieht die Welt anders aus. Hätte auch nicht geglaubt, zu malen oder von neuen Berufswegen zu träumen.

Manchmal kommt es eben anders, als man denkt. Beende zufrieden dieses Kapitel.

Mag mich lieber

SSW 39 + 1

Liebes Tagebuch, bin irgendwie bekloppt! Habe gerade Peppi angerufen und gefragt, ob ich es auch WIRKLICH merke, wenn die Wehen losgehen. Ich meine, es ist doch einfach nur seltsam, dass diese doch so perfekte Mutter Natur nicht einen Vorboten eingeführt hat. Ich rede hier nicht von ein paar Stunden, sondern von ein paar Tagen. Ich finde das ziemlich merkwürdig. Peppi musste schmunzeln und sagte: »Liebe Babsi, wenn ich dir nichts sagen kann, aber eines ganz gewiss: Du kannst sie nicht verschlafen! Wenn deine Wehen in regelmäßigen Abständen kommen (ca. alle fünf Minuten), kannst du dich ganz gemütlich auf den Weg machen.

Diese Worte sind natürlich nichts Neues. Habe darüber schon hundertmal gelesen. Musste es aber noch mal hören und danach über mich selbst lachen. Würde es endlich losgehen, hätte ich erst gar keine Zeit, mir über solche Dinge Gedanken zu machen. Habe schon von drei Mitstreiterinnen aus dem GVK eine Nachricht erhalten: »Alles gesund und munter, wir sind glücklich über ...« Beneide sie so sehr. Sie haben dieses große Ereignis hinter sich gebracht und ich nicht. Bei mir tut sich gar nichts, habe noch nicht mal mehr Übungswehen! Heute bin ich ein wenig genervt. Ich schnaufe wie ein Walross und habe keine Lust mehr, schwanger zu sein. Ich will, dass dieses Dickwerden endlich ein Ende nimmt. Ich bin bei einer unfassbaren 8 angekommen. Die Waage zeigt 82,2 kg an. Das bedeutet, ganze 21,2 kg MEHR Barbara-Klüse-Gesamtvolumen, und jeder weitere Tag lässt mich noch weiterwachsen.

Vor einer Woche noch saß ich auf meinem Sessel, habe meinen Bauch gestreichelt und bin an dem Gedanken daran, meinen kleinen Engel bald gehen lassen zu müssen, ganz wehmütig geworden. Immerhin sind wir seit neun Monaten eine Einheit. Wir haben so vieles zusammen erlebt. Für mich fühlt es sich so an, als hätte ich eine halbe Barbara-Klüse-Weltveränderung durchlebt.

Wenn ich zurückblicke, fing alles an mit dem unerfüllten Wunsch, schwanger zu werden. Ich hole mal ein bisschen aus und beginne von vorn. Ich denke, ein jeder Mensch durchlebt sehr intensive Zeiten in seinem Leben. Sie sind wahrscheinlich für uns Menschen gemacht, um wieder dieses kleine zufriedene Häuschen in uns zu entdecken. Meine erste große Krise war der Tod meines Vaters. Diese habe ich all die Jahre mehr als stark verdrängt. Das wird mir vor allem in den letzten Wochen sehr deutlich. Ich glaube, mir in dieser Zeit Härte und Stärke angelegt zu haben. Grundsätzlich keine schlechten Eigenschaften, doch wenn es überhandnimmt, verblasst dieser kleine weiche Kern. Ich habe mich durch Disziplin und Fleiß selbst erobert. Habe mich in einer Hülle gebadet, die mir Angreifer fernhielt. Es lief alles! Ich konnte damit alles schaffen, was ich wollte. Mein größtes Glück, Julius! Er hat dieses ECHTE Babsi-Herz erkannt und zum Schmelzen gebracht. Zumindest in unserer Zweisamkeit, im Beruflichen funktionierte ich tadellos weiter. Zu Hause aber, da durfte ich ICH Sein. Der zunächst unerfüllte Babywunsch war wie ein Schlag in die Mitte. Ich, die alles schaffte, wurde vom Schicksal des Lebens ausgebremst. Dieser kleine zarte Kern wurde angegriffen und gefordert, mit dem nackten Leben umzugehen. Akzeptieren und vertrauen zu lernen. Fallen lassen in ETWAS – etwas, das man Leben nennt. Die Schwangerschaft selbst hat natürlich auch noch eine Menge mit mir und meinen Gefühlen angestellt. Ein Resultat ist wohl meine doch sehr überdurchschnittliche Gewichtszunahme. Vielleicht ist es mein eigener Spiegel, der mir zugesteht, nicht immer auf allen Ebenen perfekt sein zu können und zu müssen. Ich möchte meine Maßlosigkeit nicht schönreden, aber das Gute daraus ziehen. Ich denke sagen zu können, mich ein Stück weit selbst mehr angenommen zu haben. Ich mag mich irgendwie lieber als vorher.

So schreibt ein jeder Mensch eben seine ganz eigene Geschichte, und ich bin dankbar darüber, ein Leben schenken zu dürfen, das wieder seine ganz eigene Geschichte schreiben wird. Ich bin dankbar für diesen klaren Moment. So klar waren sie nun nicht immer (lach). Nichtsdestotrotz bin ich schweratmig und bereit, meinen wundervollen Begleiter in das Leben zu entlassen.

Gute Nacht.

Warten und ein Liebesbrief

SSW 40 + 2

Liebes Tagebuch, bin jetzt bei Frau Dr. Sonnhild Stamm-gast. Ab jetzt darf ich sie jeden zweiten Tag besuchen. Habe mich sonst immer so sehr über dieses Besucher-highlight gefreut. Jetzt aber werde ich bisschen unge-duldig. Die 20-kg-Grenze habe ich ja nun schon vor einer Woche geknackt. Es reicht jetzt einfach! Außerdem werde ich mir einen Zettel an die Stirn kleben: »Es ist so weit, kann jede Sekunde losgehen.« Egal wo ich hingehe: »Uiiiii, das kann ja nicht mehr lange dauern. Wann ist es denn so weit?« JETZT, JETZT, JETZT! Sie hätte schon da sein sollen. Sie will einfach nicht raus. Habe natürlich Peppi angerufen, und die meinte, ich soll ganz entspannt bleiben, der Stichtag ist nur ein Richtwert. Gerade mal 5 % kommen an dem geplanten Tag. Ich weiß, und trotzdem stehe ich seit mindestens vier Wochen in den Startlöchern. Theoretisch hätte es auch schon so weit sein können. Immerhin war Dodo auch drei Wochen früher dran. Die hatte erst gar nicht so viel Zeit, sich verrückt zu machen.

Abgesehen davon, dass ich dieses Dicksein gerne ab-legen möchte, macht mich dieses ewige Geputze ganz wahnsinnig. Habe gestern herausgefunden, unsere Sofa-bezüge abziehen und waschen zu können. Habe damit begonnen und im absoluten Schweißwahn diese Teile wieder aufgezogen. Wenn das so weitergeht, fallen mir womöglich noch die verrücktesten Dinge ein. Hinzu kommen Schönheitsfaktoren wie Pediküre. War doch extra schon vor vier Wochen da, um eine gepflegte Mami zu sein. Mit der Schönheit untenherum ist es ja nun auch nicht ganz so einfach. Im Leben nicht würde ich Julius für solche Dinge um Hilfe bitten. Es gibt Frauenangelegenheiten! Du kannst dir also vorstellen, wie sehr ich mich mit dieser Riesenkugel anstrengen musste. Irgendwann ist einfach genug. Meine Fußnägel werden in Kürze unmöglich aussehen, und untenherum werde ich auch nicht wie die Queen den Kreißsaal betreten.

Peppi hat mir schon vor ein paar Tagen kleine geburtsfördernde Maßnahmen genannt: drei Tassen täglich von diesem Himbeerblättertee und meinen Bauch mit einem Uterus-Tonikum einölen. Soll alles wehenfördernd sein. Unser wöchentliches »Peppi-Chichi« mit Nädelchen machen wir ja ohnehin. Sie erzählte mir von ihrem Cocktail à la Peppi. Der soll heute aber noch nicht zum Einsatz kommen. Der ist mit Rizinusöl und anderem Gedöns versetzt, schmeckt wohl wie Hexenzeug, hat aber schon vielen Babys auf die Sprünge geholfen. Der Darm fängt dann wohl kräftig an zu arbeiten und wirkt sich mit »Wehenalarm« auf die Gebärmutter aus. Ich wollte natürlich wissen, was passiert, wenn alles nichts bringt und sie ihre Höhle gar nicht mehr verlassen möchte. Peppi strahlt glücklicherweise immer sehr viel Ruhe aus: »Barbara, sie wird sich noch auf den Weg machen.« Genauso wahrscheinlich, wie es ist, dass die Babys zu früh kommen, kommen sie eben auch ein paar Tage zu spät. Solange es der Kleinen gut geht, müsse ich mir kein bisschen Sorgen machen. Wenn alles nichts bringen sollte, kann die Geburt auch mit einem Zäpfchen oder gar mit ei-

nem Wehentropf eingeleitet werden. BÜÜÜÜÜÜTTT-
TEEEE NICH!

Ich versuch es mal mit ein paar Worten an mein
Kind ...

Worte an Dich, meine liebe Elise

Mein lieber kleiner Engel,

*Deine Mami ist schon so sehr ungeduldig. Bestimmt nur,
weil ich unsagbar aufgeregt bin. Ich weiß, dass es nicht
mehr lange dauern wird, und bin voller Spannung durchzogen, wie es wohl ist, Dich das erste Mal in meinen Armen
zu wiegen. Ich bin wahnsinnig gespannt, wie sich mein/
unser Leben zu dritt verändern wird.*

*Wir Menschen klammern uns einfach so gerne an Ter-
mine – feste Fakten. Sie geben uns ein wenig Sicherheit
in diesem verrückten, aber auch wunderschönen Leben.
Vielleicht denke ich die Tage viel zu sehr an mich. Vielleicht hast Du auch einfach nur Angst, diese neue Welt zu
betreten.*

*Ich erinnere mich an meine Gedanken vor einigen Mo-
naten ... Es ging um die Erdmutterflugzeugmaschine
(MAMAS BAUCH) und um ihre Passagiere, die erst den
richtigen Moment abwarten, bevor sie diese große Reise
antreten. Nach langer Zeit des Wartens warst Du mutig
genug, hast die Reise auf Dich genommen, und jetzt war-
test Du bestimmt nur den richtigen Augenblick ab, in das
Leben zu gehen.*

*Mein lieber Engel, Du darfst kommen, wenn du so weit
bist. Wir werden diese Geburt gemeinsam schaffen und*

Dein Papa wird uns begleiten. Die letzten Monate waren sehr schön mit Dir. Durch Dich konnte ich auf manche Dinge wieder einen neuen Blick bekommen. Ja – ich wurde so ein bisschen lebensoffener. An manchen Tagen war ich auch von Zweifel und Sorge umgeben. Bestimmt hast Du das auch gespürt. Ich wünsche mir nichts mehr, als Dir eine gute Mama zu sein und Dir eine glückliche Kindheit zu schenken. Ich muss immer wieder an die Worte der alten Dame denken, die meinte: »Wenn Sie Ihr Kind lieben, können Sie nichts falsch machen.« Und eines weiß ich ganz gewiss: Ich liebe DICH!

MAMA

Der große Moment

Liebes Tagebuch, es ist passiert. Ich bin Mutter geworden. Fühle mich gerade noch in Trance, so ein bisschen wie eine Königin im Rosengarten. Habe diese Geburt, auf die ich neun Monate hingefiebert habe, gemeistert. Blicke nach rechts, ein kleines Mädchen, so wunderhübsch rosa verpackt – meine Tochter. Kann nicht so recht fassen, dass das jetzt mein Baby ist. Wahnsinniges Gefühl.

Hätte im Leben nicht gedacht, dass alles so kommt, wie es gekommen ist. Noch vor weniger als 24 Stunden dachte ich, sie wolle ihr Reich gar nicht mehr verlassen. Dieser Tag des Hexencocktails à la Peppi und die Überweisung in die Klinik an Tag 40 + 7 standen mir kurz bevor.

Es war Tag 40 + 6. Meine Gefühle sehr gemischt. Aus Wut auf meinen Körper, warum er nicht endlich handelte, gepaart mit unsagbarer Nervosität auf dieses Pfündchen Mädchen und dem Wissen, dass ich meinem alten Leben ein Stück weit ade sagen werde. Gleichzeitig alles mit tiefer Ungewissheit verbunden. Wer sagt einem schon, wie es werden wird? KEINER! Die stündlichen Anrufe von Julius und Mama machten mich auch schon ganz fuchsig. Es tat sich nämlich rein gar nichts. Fühlte sich viel mehr so an, als wäre es festgewachsen, ohne Aussicht auf ein Ende. Dem ich natürlich auch schon mit

Panik entgegensah. Diese Warterei kam nämlich nicht gerade meinen selbstkreierten Barbara-Klüse-Geburtsfilmen entgegen. Die wurden auch immer dramatischer. Es schien aussichtslos und verschlimmerte sich. Musste auch öfter mal weinen. Nachmittags dann hoffte ich auf einen Startschuss von Dr. Sonnhild, die leider nur ein »Frau Klüse, noch hat sich nichts getan, haben Sie Geduld – sie wird schon kommen« übrig hatte. Kurzfristig kamen mir Gedanken, sie hätte sich vielleicht versehen und der Muttermund habe sich doch ein bisschen geöffnet. Im Nachhinein natürlich der witzigste Gedanke der Welt. Vielleicht kann FRAU die allerersten nicht richtig zuordnen. Doch die richtigen Wehen können meines Erachtens nach nicht falsch interpretiert werden.

Auf dem Weg nach Hause gingen mir sämtliche E-Mails meiner Geburtsvorbereitungsschwestern durch den Kopf. Sie alle hatten es geschafft – nur ich nicht. Und das, wo ich es hasse, als die Letzte ins Ziel einzutreffen.

Doch was hatte dieses Mutterwerden überhaupt noch mit der Barbara Klüse zu tun, die ich mal zu sein schien? Da saß ich auf meinem Sessel und mir schossen Gedanken in den Kopf, »mal wieder alles hätte besser machen zu können«. Dachte an Elfy, die sich monatelang mit ihrer Geburtsmeditation auf das Ereignis hin vorbereitet hatte, an Silke, die ihren Damm seit Wochen vorbereitete, und die Dünne, die sogar einen Atem-Crashkurs belegt hatte. Ich aber – habe hauptsächlich verdrängt, und wenn, habe ich mich von Rosemaries und alten Frauen aus dem Friseursalon beruhigen lassen.

Jetzt war alles zu spät. Die Situation ausweglos. Ich griff zum Hörer und rief meine Beruhigungsquelle Peppi an. Ich weiß nicht, wie sie es wieder geschafft hat, aber sie hat es geschafft. Mich ein ganzes Stück weit zu beruhigen. Habe das Gefühl, in ihrer Gegenwart ganz ich selbst sein zu dürfen. Irgendwie kann ich mich sowohl körperlich als auch gedanklich vor ihr nackt machen. Sie wertet nicht. Das kenne ich nur sehr selten bei Menschen. Meist habe ich das Gefühl, in Schubladen gestopft zu werden. Vielleicht aber auch nur, weil ich selbst in Schubladen stecke. Machen doch die meisten, oder? Die Schublade, in der ich früher steckte, war eine mit großem Verteidigungspotenzial. »Taff«, »ehrgeizig«, »Siegerin«. Jetzt aber steht da: »Auf dem Weg ins unvorhersehbare Mutterglück«.

Peppi riet mir das zu tun, worauf ich so richtig Lust hätte. Da mein Alltag sehr eingeschränkt war und hauptsächlich aus Putzen, Putzen, Essen, Essen, Schlafen, Schlafen bestand. Dachte ich an eine selbstgemachte Pizza und einen Mega Action Movie. Julius kam am frühen Abend nach Hause und fand meine Idee super. Wahrscheinlich hätte er jegliche Idee für erste Sahne geheißen: »Hauptsache, SIE ist entspannt.« Meine Launen waren für ihn ja nun auch nicht immer ganz einfach zu ertragen. Wir hatten einen richtig tollen Abend und mussten über sämtlichen Blödsinn lachen. Ich war tatsächlich entspannt und konnte tief und fest einschlummern. Bis der Wecker vier Uhr schlug. Ich musste zur Toilette, wie ohnehin schon seit Wochen mehrmals in der Nacht. Diesmal aber mit einem leichten Druck auf der Blase. Aus diesem Druck wurde nach kurzer Zeit ein Ziehen, das sich auch schon bald als die ersten Wehen herauskristallisierte. Ich wurde wahnsinnig nervös. War wie ein Hibbel, der durch die Räume flitzte.

Ich fragte mich, ob ich jetzt Mama werde, ob dieser Glücksmoment, von dem alle sprechen, nur noch eine Handbreit entfernt war, ob unser Leben in wenigen Stunden vorbei sein wird, ob ich vielleicht noch heute sterben werde, ob die doofe Simone wohl auch so empfunden hat, Elfys Meditationstechniken in dieser Situation was gebracht hatten. Ich musste an alle Mitstreiterinnen denken und habe sie unendlich beneidet. Ich googelte noch mal alle »Anzeichen zur Geburt« und dachte, das könnte diesen begonnenen Prozess in die Länge treiben.

Tief in meinem Inneren wusste ich: Barbara, es ist so weit. Es war ein sehr deutliches, wiederkehrendes Ziehen. Das gut zu ertragen war, mich im Leben aber hätte nicht mehr schlafen lassen. Ich war aufgeregter als vor meiner Abiklausur und der mündlichen Vereidigung meiner Diplomarbeit zusammen. Ich hätte in diesem Moment alles getan, um 10 Verteidigungen und 20 Abiklausuren gegen dieses Mutterwerden zu tauschen. Das sollte sich glücklicherweise noch ändern.

Ich tat Dinge, die ich nie für möglich gehalten habe. Zuerst fing ich an, das Geschirr wegzuräumen und die Kissen zu ordnen. Dann verspürte ich das starke Bedürfnis, unter die Dusche zu gehen und mich danach noch ein bisschen zu schminken. Nahm die extra wasserfeste Wimperntusche und rosa langanhaltenden Lippenstift. Julius war anfänglich stark irritiert von meinen morgendlichen Unternehmungen. In letzter Zeit war ich öfter mal seltsam. Dieses Aufräumen, Duschen und Schminken, dieses »Ooooh-aaaaah«-Gehauche und Augen-Zumachen hatten ihn ein wenig aus der Ruhe gebracht. Er war mindestens so aufgeregt wie ich. Sah eine Frau in anderen Umständen und in einer seltsamen Verfassung. Er wollte etwas tun, fragte, ob wir lossollten, und ich konnte ihm erst um 6:30 Uhr ein klares JA geben. Ich musste diese ganze Situation selbst erst einmal annehmen. Ich hatte bis zum Schluss keinen Blasensprung, doch diese Wehen wurden schon auf dem Weg in die Klinik immer deutlicher. Erstaunlicherweise wurde ich mit jeder Wehe ruhiger. Als wir in den Kreißsaal hinein»schwangerten«, musste ich daran denken, wie ich noch wenige Wochen zuvor all die anderen Frauen beobachtet hatte. Jetzt waren wir das Pärchen, das diesen Kreißsaal oder dieses Tor ins Ungewisse betraten, mit dem Wissen, es nicht mehr als Pärchen zu verlassen. Nichts wird mehr so sein, wie es war. Irgendwie überkam ich ein Gefühl davon, mein altes Leben zu verabschieden. Das klingt dramatischer, als es sich tatsächlich angefühlt hat.

Zwischenzeitlich hatte ich natürlich überhaupt keinen Sinn für irgendwelche komischen Gedanken. Auch gut so. Vielleicht müssen diese Wehen weh tun, damit Frauen wie ich nicht vor lauter Gedankenblasen das Gebären vergessen. Das Leben holt einen dahin, wo man gebraucht wird, und das war faktisch zu diesem Zeitpunkt im Kreißsaal mit Hebamme Ludmilla. Einer korpulenten, russischen Vollbluthebamme, die mich ermutigte und meinte, dass sich schon ein bisschen was getan hätte. Vier Zentimeter hätte ich schon abgearbeitet. Ich solle jetzt spazieren gehen.

Die war so resolut und ich tat, was sie mir befahl. Als wäre ich ein kleines Schulmädchen, das kein Wort erwiderte. Dachte zwar zwischenzeitlich, ob die noch richtig tickt und von Spazieren sprechen kann, wo ich das Gefühl hatte, mich überhaupt nicht fortbewegen zu können. Alles war wie in einer Blase. Ich erinnere: Schmerz, Lachen und wieder Tränen. Eine seltsame Kombi, aber wahr.

Liebes Tagebuch, eigentlich ist mir gar nicht danach, dir den weiteren Geburtsverlauf bis ins kleinste Detail niederzuschreiben. Ich möchte es kurz fassen: Schmerzhaft: JAAA, anspruchsvoll: NEIN, keine Badewanne (auf die viele schwören), kein Pezziball, Sprossenwand, keine Massagen, ich wollte nichts von dem, was ich mir alles notiert hatte. Hatte noch nicht mal Appetit.

Julius Händchen: JA, er hat erstmals gespürt, wie viel Kraft in mir wirklich steckt (habe sie ihm zwischendurch fast zermalmt).

Fazit: Er ist über seine Aufgaben hinausgewachsen. War der beste Barbara-Hermina-Klüse-Geburtshelfer. Hat die Nabelschnur durchgeschnitten, wo ich immer dachte, er wäre zu diesem Zeitpunkt schon längst in Ohnmacht gekippt. Zu Schmerzmittel-PDA: Hatte bereits im Vorhinein alles unterzeichnet. Hatte sie zu 110 % in meine Geburtsplanung einbezogen. Hatte nie vor, eine »Indianerin kennt keinen Schmerz« zu spielen.

Der Anästhesist kam und kam nicht. Dachte zeitweise, ich wäre die einzig Gebärende im ganzen Kreißsaal. Im Nachgang völliger Quatsch. Es steppte der Bär und der Anästhesist war mit Notfällen beschäftigt. Am Ende hieß es: »Frau Klüse, Sie schaffen das so, für eine PDA ist es zu spät.« Wenn ich gekonnt hätte, hätte ich wahrscheinlich um mich geschlagen. Ein Moment, in dem ich alles verteufelte. Im Nachhinein bin ich mehr als glücklich darüber, erfahren zu haben, dass es auch so gehen kann. Gesamtverfassung im weiteren Verlauf: Beeindruckenderweise sehr in mich gekehrt, am Ende den schreienden, kreischenden Frauen zugehörig. War äußerst befreiend und zählt zu den intimsten Geheimnissen meiner Geburtsgeschichte. Das war ein Gedanke, der mir immer Angst machte. Die Kontrolle zu verlieren. Ja, ich hab sie verloren und es war mir in diesem Moment mehr als egal.

Möchte jeder Frau auf dieser Erde Mut machen, diesem Ereignis Geburt mit Freude entgegenzutreten. Mit welchen Worten: ein Erlebnis, für das es keine Wort gibt. Ich hätte es nicht missen wollen. Was würde ich besser machen? Sämtliche Horrorgeburtsgeschichten ausblenden. Jede Geburt schreibt seine eigene Geschichte. Es wäre zu voreilig, seine zu einer werden zu lassen, bevor sie tatsächlich geschehen ist.

Habe kurzfristig gedacht, vielleicht doch alles gar nicht so falsch gemacht zu haben. Denn in letzter Zeit habe ich mich sehr oft an den Pranger gestellt. Immer andere gedanklich höher gestellt. Aber nein, ich habe nicht alles richtig gemacht und auch nicht alles falsch. Vielleicht darf man sich als Frau gar nicht so sehr als den Mittelpunkt des Ereignisses Geburt sehen, sondern vielmehr als Begleiter, der dieses Wunder auf die Welt begleiten darf. Vielleicht gehört zu diesem ganzen Ereignis Geburt auch ein Pfündchen Glück (dafür verspüre ich tiefe Dankbarkeit!). Denn du als Frau bist ja nun nicht ganz auf dich allein gestellt, sondern durchlebst diesen Prozess mit einer neuen Seele. Sie kann nicht lauthals mitsprechen. Ich bin trotzdem überzeugt, dass sie es auf ihre Art und Weise macht.

Vielleicht hat so eine Geburt ein bisschen was von einer Silvesternacht; man tut sich keinen Gefallen, die Ansprüche zu hoch zu stecken, und muss es am Ende so nehmen, wie es kommt.

Oje

3 Tage danach
Liebes Tagebuch, bin ein wenig von meinem Gefühl: »Göttinnen im Rosengarten« heruntergeholt. Musste sogar schon weinen und mein reines Muttergefühl ist irgendwie auch stark reduziert. Fühle mich neben mir stehen und gerade zu nichts in der Lage. So ein bisschen hilflos. Noch viel anstrengender empfinde ich diese spürbaren Erwartungen unserer Besucher. Sie wollen die frischgebackene Mutter bis über beide Ohren hinweg strahlen sehen. Dabei würde ich mich am liebsten unter die Bettdecke verkriechen und wäre am liebsten selbst gerade ein kleines Kind, um diese große Verantwortung, »Mutter sein«, abgeben zu können. Bin ich etwa von diesem Babyblues betroffen? Habe davon mal gelesen.

Doch nicht weiter darauf eingegangen, da ich mich zu der Zeit nur gefreut habe und im Leben nicht gedacht hätte, dass es mich erwischen könnte. Hätte mir so einen Gedanken gar nicht erst eingestanden, wo wir doch keinen anderen Wunsch hatten, als endlich Eltern zu werden. Wie immer eben, keine Schwäche zeigen und zulassen. Ich habe so sehr auf dieses große Ereignis Geburt hingearbeitet, es mit Bravour gemeistert, und jetzt gerade, in diesem Moment, ist da eine Leere. Die ich einfach nicht so recht zuordnen kann. Habe das Gefühl, meine leere, schwabbelige Hülle, zu der ich hinabblicke, drückt meinen Gefühlszustand aus. Vor Kurzem noch mit Leben gefüllt, ist sie jetzt einsam und verlassen.

Nicht nur meine Seele ist durcheinander, sondern auch mein ganzer Körper. Die Brüste spannen, man könnte meinen, sie explodieren gleich, man könnte meinen, sie gehören einem anderen. Echt nicht zum Wohlfühlen. Wusste auch nicht, dass Brustwarzen so intensiv spürbar sein können, und schon gar nicht hätte ich gedacht, dass so ein kleines Baby so unwahrscheinlich viel Kraft besitzt, daran zu saugen. Mir schießen jedes Mal die Tränen vor Schmerz in die Augen.

Mit all diesen Werbebildern »Strahlende Mutter, mit zufrieden nuckelndem Baby auf dem Arm«, hat das in meiner Welt gar nichts am Hut. Ganz im Gegenteil, die lassen einen noch viel schlechter fühlen. Bin gerade einfach leer. Hoffe, dass das schnell vorübergeht. Abgesehen davon plagt mich ein unwahrscheinlich schlechtes Gewissen, gerade nicht so eine Mami für Elise zu sein, wie ich sie mir ausgemalt habe.

Ein Glück gibt es Julius. Er scheint ganz und gar nicht von diesem seltsamen Gefühl betroffen zu sein. Er herzt seine kleine Prinzessin und schenkt ihr all seine Liebe.

Drunter und drüber

6 Wochen danach
Liebes Tagebuch, seit sechs Wochen bin ich nun Mami eines wundervollen Mädchen. Das vorweg!

Nichtsdestotrotz verliert sie in schlaflosen Nächten ihren Zauber. Ich sehe sie an und meine Gedanken sprechen: »Du bist nicht süß – kein bisschen.« Du raubst mir den Schlaf und lässt mich gleichzeitig an meinen Fähigkeiten zweifeln. Warum hat mir kein Mensch auf dieser Welt gesagt, dass ich dich erst einmal kennenlernen muss? Ich meine, du warst neun Monate in mir und mit mir. Hast von mir ordentlich gezehrt, bist immerhin von null auf 3650 g herangewachsen, und jetzt?

Spielst du deine ganz eigenen Regeln. In meinem Film des Familienidylls gab es kein schreiendes Baby, das mich nicht hat schlafen lassen. Es gab keine Situationen, in denen ich hektisch alles versucht habe, dich erfolglos zu beruhigen, in denen ich den ganzen Tag im Jogger umhergelaufen bin, weil ich es nicht einrichten konnte, mir etwas Vernünftiges anzuziehen. Es gab keine Momente, in denen ich Julius angegangen bin, weil ich überfordert und hilflos zugleich war. Weil ich einen Schuldigen für meine gefühlte Unfähigkeit brauchte.

Sein Leben scheint viel normaler als meines. Er verlässt

morgens das Haus wie eh und je und kommt abends freudig nach Hause. Aber ich habe in all der Zeit noch nicht einmal meinen Jogger abgelegt, gerade einmal ein paar Windeln gewechselt und gestillt.

Immerhin gehört das Stillen mittlerweile zu meinen absoluten Erfolgserlebnissen als junge Mama. Zu Anfang wollte es gar nicht klappen. Hatte sogar eine Brustentzündung mit ordentlich hohem Fieber. Man fühlt sich wie von einer fiesen Grippe überkommen, und das als frischgebackene Mama. So ein Drama passte auch so gar nicht in meinen Klüse-Jungmutter-Film.

Hinzu kam ja noch mein Baby-Blues, der, ein Glück, nach wenigen Tagen wieder verschwunden war. Ich denke, Peppi hat Großes dazu beigetragen, mich seelisch und körperlich wiederherzustellen. Am meisten hat sie mir geholfen, indem sie mich verstehen hat lassen, dass ich ganz normal ticke. Dass mein Körper große Arbeit geleistet hat und damit beschäftigt war (und noch immer ist), von schwanger auf nicht mehr schwanger umzustellen. Während der Geburt wurden noch viele Glückshormone ausgeschüttet, die kurze Zeit später verflogen sind. Dieser Prozess geht wohl an keiner Frau so ganz spurlos vorbei.

Der Gedanke daran, alle Mütter schwelgen im puren Mutterglück, nur ich nicht, hätte mich womöglich noch depressiver gemacht.

Außerdem erkannte sie schnell meine Brustentzündung und hat mir gleich Hausmittelchen an die Hand gegeben: erst die Brust wärmen, die Knoten ausstreichen und danach mit Quarkumschlägen wieder kühlen. Toller Tipp: den Quark zwischen einem Zewa einklemmen, das erspart Sauereien.

Diese anfänglichen Hürden hatten wir relativ schnell und gut gemeistert. Jetzt aber sind wir als Familie wohl einfach in der Realität gelandet. In der Wahrheit, die wundervoll ist und gleichzeitig auch sehr fordernd. Die mir erst so richtig bewusst wurde, als wir mit Elise die Klinik verlassen haben: »Jetzt bist du Mutter, dein Baby, deine Verantwortung, ein Leben lang.«

Das hat mich irgendwie ängstlich und im nächsten Moment sehr stolz fühlen lassen. Wie ich finde, sind meine Tage sehr strukturlos und durcheinander. Obwohl der Tag keine riesigen Highlights zu bieten hat, ist er aufregend und ausgefüllt.

Ich liebe es, mit ELISE zu sein, und trotzdem war da schon mal ein leichtes Gefühl von Neid auf Julius, der ein Stück weit sein altes Leben lebt, während meines mit dem vorherigen nichts mehr zu tun hat. Er ist viel ausgeglichener als ich. Ich habe das mal grob bei Peppi angeschnitten. Die hat ja nun schon unzählig viele Frauen durch diese Zeit begleitet. Sie sagte gar nicht so viel dazu, außer dass das Problem der meisten Frauen sei, dass sie sich zu sehr unter Druck setzen würden und mehr an Geduld üben müssten.

Wir kamen ein wenig ins Philosophieren und kamen zu dem Entschluss, dass uns das in einer Gesellschaft, bestehend aus Hektik und Stress, nicht unbedingt leicht gemacht wird. Hinzu kommen all die Schönmacher-Medien, die am Ende auch nur einen kleinen Teil der Wahrheit ans Licht bringen. Das verunsichert und setzt unter

Druck. Bin gerade sehr dankbar dafür, dass Peppi meine Hebamme ist.

Komisch, aber ich muss gerade an Simone denken, diese Neunmalkluge. Die wird sich als Mutter auch noch umsehen. Habe manchmal gehässige Gedanken. Solche wie sie sollen sich auch mal so richtig hilflos fühlen. Was gibt es da Besseres als ein Baby?

Bin fest davon überzeugt, dass es auch die ein oder andere gibt, die sich denkt: »Die Klüse, wie schön, dass sie so fett geworden ist, und jetzt soll sie mal zusehen, wie sie ihr ach so perfektes Leben mit einem kleinen Schreihals fortführen kann.

Vielleicht weil sie auch nur einen Bruchteil von mir kennen und im Leben nicht erahnen, dass eine Barbara Klüse Tagebuch führt, um sich und ihre Welt besser zu verstehen.

Es ist so beruhigend und wohltuend, meine Gedanken niederzuschreiben. Es hilft mir, diese Welt nicht so fürchterlich kleinkariert zu sehen. Es schenkt mir Einsicht, mich von meiner eigenen Zwangsvorstellung zu befreien. Mir selbst zu sagen, dass unser Baby noch so frei ist von all diesen perfekten Vorstellungen und ich ihm Zeit und Geduld schenken MUSS, in dieser Welt anzukommen. Vor allem aber muss ich mir diese Zeit selbst eingestehen und an Peppis Worte denken: »Barbara, ihr werdet euren ganz eigenen Rhythmus noch finden, es wird nicht alles so bleiben, wie es jetzt ist. Versuche es zu genießen und lasse los von einem selbstkreierten Bild, das es in der Realität so nicht gibt.« Fühle mich schon wieder viel besser!

Konnte übrigens von meinen 24 kg Gewichtzunahme schon 8,5 kg verlieren. Wurde schon dreimal gefragt, wann es denn so weit sei. Bin trotzdem voller Zuversicht! Werde mir jetzt ein gesundes Früchtemüsli bereiten.

Im Netzwerk der Pekip-Mütter

4 Monate danach
Liebes Tagebuch, mein letzter Eintrag ist eine Ewigkeit her, und das, wo ich so akribisch Buch geführt hatte. Das liegt wohl am Muttersein, man macht immer, und gefühlt schafft man nichts. Habe in der ersten Zeit eine Menge Haare verloren. Dachte schon, meine vielen mütterlichen Unsicherheiten und teils auch Überforderungen (ja, das kann ich so sagen!) würden mir auch noch meine Haarpracht stehlen. Der Gedanke daran, dass ich bald haarlos herumlaufe und Gott und die Welt um meine Anstrengung als Mutter erfährt, haben mich schon ziemlich eingeschüchtert. Ich habe nämlich so gar nichts mit diesen absolut oberoberentspannten Müttern zu tun, die so tun, als könnten sie noch drei von diesen kleinen Menschenkindern auf einmal großziehen.

Peppi hat mich mal wieder aufgeklärt und beruhigt, dass dieser Haarausfall zum ganz normalen »Entschwangern« gehört. Die Hormone stellen sich um und über die Schwangerschaft angehäuftes Haar verabschiedet sich. Wenn ich mir etwas Gutes tun möchte, solle ich Zink einnehmen.

Nicht nur der Haarausfall hat mich in Angst und

Schrecken versetzt, sondern auch mein unangenehmer Eigengeruch. Das hat sich dann zum Glück aufgelöst. Dank Anetta, die mich überreden konnte, einen Pekip-Kurs (Prager Eltern-Kind-Programm) zu besuchen.

Der Austausch zwischen all diesen leeren Hüllen war sehr hilfreich, den ein oder anderen Selbstzweifel gelassener zu nehmen. Denn dieses Stinken verfolgte nicht nur mich. Zu meiner Freude sprach eine Mutter namens Annabel ganz von sich aus darüber, und prompt fanden sich zwei Anhängerinnen. Ich habe mich dezent zurückgehalten und mich gefreut, dass ich nicht der einzige Stinker in diesem Raum bin. Habe auch dazugelernt, dass dieser Geruch auf das Stillen zurückzuführen ist und man sich selbst angeblich viel intensiver riecht. Das kann ich mir irgendwie gar nicht vorstellen ... Na ja, da scheint man wohl durchzumüssen. Ich werde vermutlich auch nicht zu den Zwei-Jahre-Stillenden gehören.

Ich verstehe nicht, warum mir all diese Unannehmlichkeiten keiner vorher gesagt hat. Immerhin habe ich einen GVK besucht. Die hätten da schon mal einen besser aufklären können. Vielleicht hatte ich es einfach wieder vergessen. Wie ohnehin so viel in dieser letzten Zeit und jetzt noch immer. Von der Schwangerschaftsdemenz zur Stilldemenz. Irgendwie reden sie alle davon. Angeblich soll ja auch was Wahres dran sein. Ich bin jedenfalls richtig froh um den Mütteraustausch. Durch diesen Austausch unter Gleichgesinnten, die offensichtlich auch alle so ein bisschen ihr Schamgefühl an den Nagel gehängt haben, konnte ich vieles über das Dasein einer jungen Mutter erfahren. Ich wusste, dass es bei Lisa in der Hose mit jedem Hatschi tröpfelt und um Claudias Hämorriden-Problematik kurz nach der Geburt. Alles unbedenklich und in den Griff zu bekommen. Doch wissen sollte man es. Denke dabei an meine anfänglichen Heulschübe. Das Gefühl, damit alleine dazustehen, ist viel schlimmer als die Sache selbst. Austausch ist Gold wert. Hätte auch nicht von mir gedacht, so viel Offenheit mitzubringen. Früher hätte ich geschworen, mit all diesem Kram nichts am Hut zu haben. »So was« war was für typische Muttis.

Heute aber bin ich mitten im Netzwerk der Pekip-Mütter. Habe neulich sogar eine Mama bei der Rückbildung angequatscht, ob wir nicht mal einen Kaffee zusammen trinken wollen. Haben uns schon zweimal gedatet (das wäre einer Barbara Klüse früher im Leben nicht eingefallen). Für den Babyschwimmkurs sind wir auch schon angemeldet. Wie du siehst, bin ich voll im Mamibusiness angekommen.

Auch das Thema Scham finde ich mehr als abgefahren. Das hat sich ja schon drastisch während der Schwangerschaft gewandelt, doch mit der Geburt ist der Normalzustand (so, wie es mal war) noch lange nicht erreicht. Ob intensive Gespräche (denke nur an Hämorriden-Problematik) oder Busenblitzer (beim Stillen ...) in der Öffentlichkeit, sie gehören zum Alltagsgeschäft. Es geniert mich noch nicht einmal mehr! Wahrscheinlich wird diese Welle auch wieder abflachen, doch solange sie da ist, schwimme ich mit ihr und bin froh, nicht alleine zu sein.

Verrückt, was man in dieser ersten Zeit alles so über

sich selbst lernt und von anderen erfährt. Von Riechen, Schwitzen und Haarverlust. Nicht zuletzt eine Barbara, singend im Kreis mit all den anderen Gesangstalenten. Während ich das so schreibe, muss ich über mich selbst schmunzeln. Ich und singen (hahahaha), und das Seltsame daran: Es macht mir Spaß. Elise wird den halben Tag besungen und erfreut sich an meinen schrägen Tonlagen.

In meinem Muttersein habe ich allerdings nicht nur rosige Tage, es gibt auch solche, da würde ich am liebsten alles an den Nagel hängen und ins Büro fahren. Endlich mal wieder mit einer Tasche »voller Erfolg« nach Hause kehren. Ja – einem, wenn man so möchte, wertlosen Papier, auf dem steht, dass ich gute Arbeit geleistet habe, und eine Abteilung, die mich hofiert. Heute aber bemühe ich mich, alles ganz toll zu machen, und wenn ich Pech habe, wird den halben Tag nur geweint. Als wollte sie mir sagen: »Alles, was du machst, ist Mist.« Wenn dann noch Julius nach Hause kommt und fragt, ob ich mich um dies und jenes gekümmert hätte, und ich nichts geschafft habe, fühle ich mich wie eine Katastrophenmutter.

Wie ich finde, fordert ein Baby auch die partnerschaftliche Seite neu aufblühen zu lassen. Es gab noch keine Zeit, in der ich mich so viel rechtfertigte, was ich nicht alles zu tun hätte. Bekomme schon Wutanfälle, wenn Julius die Tür verlässt und dabei über den Müll hinwegstolpert. Frage mich, ob das ein Männerproblem ist oder pure Ignoranz. Ganz nach dem Motto: »Das bisschen Haushalt macht sich von alleine, sie ist ja sowieso den ganzen Tag zu Hause.«

Tief in meinem Inneren heiße ich das Häusliche für sehr gut, und wenn es von der Welt ein bisschen mehr anerkannt wäre, würde es auch ganz bestimmt vielen Familien mehr Zufriedenheit und Ruhe schenken.

Bitte, was gibt es Besseres als einen Nestpfleger? Meinetwegen auch Nestmanager. Jedes größere Unternehmen hat einen Manager für sämtliche Bereiche, warum sollte dann nicht auch die kleinste Zelle eines Komplexes – die Familie – einen anerkannten Manager innehaben? Wie schade, dass diese Gesellschaft von uns verlangt, diese kleinen Menschenkinder so ganz nebenbei großzuziehen. Dabei sind sie doch das Wichtigste, um diese Erde in Liebe fortzuführen. Wir ziehen ihre Seelen groß und es liegt in unseren Händen, sie zu guten Menschen zu machen, um eine friedvolle Welt leben zu lassen.

Ich könnte mich gerade wieder in Rage denken und schreiben. Doch das würde jetzt zu weit führen. Möchte mich noch duschen. Wer weiß, wann Elise ihre Äuglein wieder aufmacht.

Partnerschaft und wilde Träumerei

6 Monate danach
Liebes Tagebuch, schon wieder ist eine Menge Zeit vergangen. Habe das Gefühl, Elise wächst von Tag zu Tag. Wie Peppi am Anfang gesagt hatte, werden wir unseren ganz eigenen Rhythmus finden. Und JA, im Großen und Ganzen stimmt das auch. Vieles hat sich im Laufe

der Monate sehr gut eingespielt. Wir haben uns besser kennengelernt. Doch so richtig sagen, wie es läuft, kann ich nicht. Jetzt, wo die Beikost hinzukommt, die mehr schlecht als recht in Elises Mund landet, sind wir wieder in einer Veränderung, und genau das ist es auch … Kaum meine ich zu glauben, ich weiß, wie es läuft, läuft es wieder nicht mehr. Sei es das Zu-Bett-Bringen, das Füttern oder die Nächte. Manchmal muss ich es nur denken, und es ist wieder anders. Ist das nicht komisch? Für so eine wie mich, die es liebt, sich auf Situationen einstellen zu können, ist das manchmal gar nicht so einfach und ich empfinde es als anstrengend. Wenn ich also eines gelernt habe, dann lebt es sich als Mutter leichter, wenn man erst gar keine Vorstellung oder Erwartung an den Tag legt. Kommt ja ohnehin anders. Wenn Elise solche fürchterlichen Meckertage hat, bin ich abends auch ziemlich geschafft. Man hat keine Lust, das Haus zu verlassen, und allein sein möchte man auch nicht. Denn wie es bei mir immer so ist, treffe ich dann genau auf Mütter wie Simone, deren Babys brav schlummern, und meines brüllt nur. Das lässt mich dann noch schlechter fühlen.

Hatte das Thema neulich mit meiner Mutter, die meinte, ich sei auch sehr nervenaufreibend gewesen. Meine Launen hätten sie zu Anfang sehr eingeschränkt, bis sie irgendwann beschlossen habe, sich nicht mehr einschränken zu lassen. Ihr wurde bewusst, dass sie mir ein Leben geschenkt hatte, aber nicht selbst dieses Leben ist. Im allerersten Moment habe ich das nicht ganz verstanden, doch dann, als ich darüber nachgedacht habe, empfand ich es als sehr wahr und richtig. Sie hat ein bisschen mehr gedanklichen Abstand zwischen sich als Mutter und mich als Baby eingebaut. Auch eine Mama ist am Ende eben nur ein Mensch.

Musste dabei auch an Dodos Sohn Max denken, der zeitweise immer andere Kinder gehauen und gebissen hat. Als sie davon erzählte, musste ich darüber lachen, habe Dodos Situation als Mutter gar nicht weiter ernst genommen. Aber heute kann ich ihre Sorgen viel besser verstehen. Wie eine Kette, die ganz unbewusst abläuft. Baby brüllt/beißt – ich Mutter – was mache ich falsch? Warum sind die anderen friedlich und meines nicht, was machen sie besser? – Nein, sie sind besser! JA, genau da ist das größte Problem, man beginnt sich mit anderen zu vergleichen. Das, was einen so schlecht fühlen lässt, hat mit dem schreienden/beißenden Baby eigentlich gar nichts mehr zu tun. Ich finde es meist schon sehr hilfreich zu verstehen, warum man ist, wie man ist.

Bei Julius sieht da die Welt schon wieder ganz anders aus. Wenn er an diesen anstrengenderen Tagen mit uns unterwegs ist, hat das eine sehr beruhigende Wirkung auf mich. Er strahlt so ein »Mir egal, was die Welt über mich und meine Prinzessin denkt« aus. Es dauert meist gar nicht lange, da haben sich Elises Unruhen gelegt, als wolle sie sagen: Wenn es dir egal ist, dann brauch ich mich auch gar nicht aufzuregen. Wenn er eine Mutter wäre, würde er ganz sicher zu diesen Coolen gehören. Nur nicht was das Thema ELISE abgeben angeht (gleich dazu mehr). Ich bin jedenfalls sehr froh, dass wir uns so gut ergänzen. Natürlich gab es bei uns auch schon eine Menge turbulenter Tage.

Wir mussten und müssen uns immer noch als Paar wiederfinden. Ich möchte nicht nur die tolle Mutter sein, sondern auch die tolle Ehefrau. Der ich aber in meiner eigenen Vorstellung oft noch gar nicht wieder gerecht werde. So richtig Frau von damals bin ich einfach noch nicht wieder. Seien es körperliche Veränderungen oder abendliche Müdigkeit vom Kinderdienst. Ich konnte zwar schon erfolgreiche 14,5 kg verlieren, doch die restlichen 9,5 kg möchten auch noch abgearbeitet werden. Auch mein Gewebe ist noch sehr weich und weit weg von straff. Wenn dann auch noch Julius überwiegend meine Mutterkünste würdigt und mein restliches Frausein komplett vernachlässigt, fühlt sich meine weibliche Seite stark vernachlässigt.

Es ist noch gar nicht lange her, da wollte Julius mir eine Freude bereiten. Hat einen Strauß Blumen auf den Tisch gestellt mit einer Karte daran: »Für die tollste Mama der Welt«. Das hat mich dermaßen wütend gemacht, dass ich weinen musste und ihm an den Kopf geworfen habe, mich nicht mal mehr als Frau wahrzunehmen. Julius hat die Welt nicht mehr verstanden und ließ mich mit meinem Unmut alleine stehen, fuhr ins Büro, und abends tat er so, als hätte ich nie etwas getan.

In mir arbeitete es den ganzen Tag über und ich konnte es kaum abwarten, alles aufzuklären. Ich erklärte ihm, wie ich mich fühlte und das starke Bedürfnis hätte, endlich mal wieder alleine mit ihm etwas zu unternehmen. Nur wir beide. Das mit dem Abpumpen hatten wir ja auch schon geschafft und es hat geklappt. Außerdem ginge es mir nicht um eine Partynacht, sondern um ein ganz schlichtes Abendessen. Das war nicht das erste Mal, dass ich ihm den Vorschlag gemacht habe.

Doch komischerweise ist Julius die viel größere Glucke von uns beiden. Er druckste jedes Mal herum, wenn es darum ging, Oma für ein paar Stunden mit ELISE alleine zu lassen. Diesmal hatte ich ihn aber nicht ausgelassen und vor vollendete Tatsachen gestellt. Meine Mutter eingespannt, Elise ins Bett gelegt, und auf ging es.

Ein seltsames Gefühl. Da saßen wir beide, zurechtgemacht, und wussten erst gar nicht so recht, was wir uns erzählen sollten. Natürlich ging es um ELISE, dann aber sprudelte es nur so aus mir heraus. Ich erzählte ihm von meinen Träumereien, die mich nicht mehr losließen. Von einem Mutter-Kind-Café, Workshops für Schwangere, aber auch frischgebackene Eltern. Ein Ort der Zusammenkunft, ein Ort des Austauschs. Julius hörte mir sehr interessiert zu und brachte sich sogar ein. Witzelte über Papa-Workshops und träumte mit mir. Ich hätte niemals nicht gedacht, dass er mir so offen zuhört. Ich habe ihm auch gesagt, dass ich über seine Reaktion erstaunt sei, und er lächelte und sagte: »Barbara, für mich bist du so viel mehr als nur Mama, du bist so viel für mich, und ich merke seit Langem, dass du dabei bist, dich neu zu entdecken.« Es hatte mich so sehr gerührt, das aus seinem Munde zu hören. Er hat mich all die Zeit mehr als wahrgenommen. Das war der schönste Liebesbeweis seit langer, langer Zeit. Es hat mir gezeigt, dass ich diejenige bin, die ihre Welt manchmal sehr klein sieht, und nicht Julius. Wie wichtig es ist, sich wieder Zeit füreinander zu nehmen, um nicht das eigene Gedankenkarussell dem anderen aufzuerlegen, sondern ihn anzusehen und ihm zuzuhören.

Mama geworden und selbst erobert

1 ¾ Jahre danach
Liebes Tagebuch, habe dich soeben aus meiner Schublade gekramt. Du lagst noch genauso da wie vor einem Jahr. Unangerührt. Ich weiß nicht, wo die Zeit geblieben ist.

Es ist spät am Abend. Julius ist geschäftlich verreist und Elise schlummert tief und fest auf Papas Bettseite. Habe mir eine Kerze angezündet und es mir in unserer kleinen Küchennische gemütlich gemacht. Ich möchte diese ganze letzte Zeit Revue passieren lassen. Diese Zeit, in der sich alles zu verändern begann. Wenn ich diese ersten Seiten deines Buches lese, wird mir wieder bewusst, dass die letzten vier Jahre doch so einiges mit mir angestellt haben. Alles begann vor diesem eigentlichen großen Ereignis »Schwangersein«.

Zuerst war da diese sehr ungemütliche Zeit, die mich letztendlich um vieles weitergebracht hat. Die es gut mit mir meinte und notwendig war, mich meinem ganz natürlichen Lebensveränderungsprozess hinzugeben. Als hätte das Leben sagen wollen: »Babsi, es gibt Dinge im Leben, die sind so, wie sie sind, und müssen auch so sein. Du musst sie nicht in deiner kleinen Barbara-Klüse-Welt verstehen, aber lernen, in das Leben zu vertrauen. Bist du dazu nicht in der Lage, wirst du in dein Unglück rennen. Also friss oder stirb.« Es klingt makaber, aber genauso hat es sich angefühlt. Ich habe gelitten und habe akzeptiert. Das Leben hatte mich da, wo es mich haben wollte. Weg von »haben wollen«. Es hatte gewonnen! Vielleicht könnte man auch sagen, es hat mich dazu gezwungen, loszulassen, um meine inneren Blockaden zu lösen. Vielleicht war es die Voraussetzung, um unseren Wunsch doch noch auf den Weg senden zu können. Vielleicht aber suche ich wieder vergebens nach irgendwelchen plausiblen Antworten für dieses verrückte DASEIN. Ich lass das jetzt mal so stehen und denke an die darauffolgenden neun Monate.

Neun Monate der ganz großen Gefühle, des »Nicht-glauben-Könnens, was doch noch geschehen war«. Eine Zeit der ganz normalen Schwangerschafts-Gefühlsachterbahn mit all seinen Facetten. Denke an die vielen Tränen, die einfach so aus mir herauspurzelten, aber auch an die unbeschreiblich große Vorfreude. An die Tage, wo ich mich so fürchterlich einsam gefühlt habe und wenig später so sehr geborgen. Diese wundervollen Traumstunden, in denen ich mir unser Familienidyll ausgemalt habe. Hinterher feststellen musste, dass diese idyllischen Träumereien nicht immer ganz der Realität entsprechen, manche Träumereien aber auch nicht in der Lage waren, die wärmsten Gefühle vorherzusehen.

Wie ich mich in Kreativem wieder neu entdecken konnte. Denke dabei an die selbstgemalten Bilder, die noch immer Elises Zimmer erwärmen.

Aber auch Grundlegendes begann ich zu hinterfragen. Mein Job, der mir sonst alles bedeutete, mir dann aber so oft so sinnlos vorkam. Die Wichtigkeit, die ich ihm all die Jahre beigemessen habe, und das Erschrecken darüber, wie störend auf einmal so ein Wunder MENSCH sein kann. JA – die Erkenntnis darüber, wie Geld und Macht die Welt regieren und der Mensch selbst in unserer Welt so oft unbedeutend ist. Wobei die Welt für uns gemacht ist und nicht andersherum.

Mein Immer-alles-ganz-PERFEKT-machen-Wollen, das mir in dieser Zeit erstmals völlig entglitten ist und am Ende sogar in Kilos sichtbar wurde. Als wäre meine Disziplin einfach so davongelaufen. In dieser Zeit hatte ich teilweise das Gefühl, nichts mehr unter Kontrolle zu haben. Wenn ich eines besser machen würde, wäre es der Weg des gesunden Mittelmaß-Fahrens. Ja – ich denke, das trifft es am besten. Eine ganz simple Formel: Nehme statt drei nur noch eineinhalb Kuchen. Weg von dem Motto: »Alles oder nichts.« Denn bei mir wurde es zu »ALLES«, und das war nun nicht der allerschlauste Weg. Abgesehen davon, dass man sich irgendwann wie ein wandelndes Zelt fühlt, konnte ich mein Gewicht (FAST) erst wieder im letzten halben Jahr, mit viel Sport, in den Griff bekommen. Übrigens hat mir dieser Raum, in dem ich mich körperlich betätigt habe, unwahrscheinlich gutgetan. Dadurch konnte ich nicht nur meinen Körper wieder deutlich verschönern, sondern auch meine Seele baumeln lassen. Die letzten drei Kilo wollen noch erobert werden. Es war ein weiter Weg, und ich bin zuversichtlich, die letzten Meter auch noch zu schaffen.

In all dieser Zeit habe ich verstanden, dass die Erfüllung von Wünschen eine große Bereicherung ist, doch einem leider nicht die Arbeit abnehmen, sich selbst zu finden. Dieses ganz persönliche Glück verlangt viel mehr als nur Wünsche stellen und auf ihre Erfüllung zu warten. Dass diese ganze Veränderung erst der Anfang war und ich, wenn man so möchte, noch mittendrin stecke, weil sie nie ein Ende nehmen wird. Die Veränderung des Lebens ist so sicher wie das Amen in der Kirche. Das habe ich mittlerweile auch verstanden.

Die Ära Schwangerschaft ging zu Ende und mit Elises Geburt begann wieder ein neuer Abschnitt. Auf einmal war ich Mama. Auch wieder eine sehr intensive Zeit (noch bis JETZT). Die anfängliche Heulerei und eine gewisse Zeit der Erkenntnis, dass man auch als Mama neu geboren wird und sich selbst Zeit schenken darf, hineinzuwachsen. Auch das Verständnis dafür, dass Perfektionismus nichts mit einer kleinen Menschenseele am Hut hat. Sagen wir besser, ein kleines Baby ist von sich aus schon perfekt, aber nicht meine perfektionistische Barabara-Klüse-Vorstellung, wie etwas perfekt mit Baby zu laufen hat. In der ersten Mama-Baby-Zeit war ich nicht unbedingt das blühende Leben. Ganz im Gegenteil. An manchen Tagen ging ich mehr als frustriert ins Bett. Hatte in den Abendstunden feststellen müssen, noch immer dasselbe Outfit anzuhaben wie beim Aufstehen. Keine Haare gebürstet, vielleicht sieben Windeln gewechselt, gestillt, den Wagen hin und her geschubst und alles andere blieb auf der Strecke. Mein ausgemaltes Mutterglück war ein anderes. Die Mama-Baby-Welt um mich herum schien manches Mal so perfekt. Vielleicht eine Welt, erschaffen von Magazinen und strahlenden

Mama-Baby-Instagram-Pictures. Eine Welt, in der Mamis nach kürzester Zeit erschlankt sind und sie den Eindruck hinterließen, noch fünf Babys mit links versorgen zu können.

Im Nachhinein war Anetta aus dem GVK, die ich heute meine Freundin nenne, mein großes Glück. Sie schleppte mich zu dem Babykurs, der mich wieder zum Träumen motivierte. Denn alleine die Vorstellung, mit anderen Muttis singend im Kreis zu sitzen (eine schiefer als die andere), hätte mich mehr als abgeschreckt. Doch manchmal sollen die Dinge wohl so kommen, wie sie kommen sollen. Diese ganze Mutter-Kind-Truppe hat mein kreatives Denkkraftwerk aufleben lassen. Ich war nicht vom Singen fasziniert, sondern von dem Gefühl, dass wir alle im selben Boot sitzen.

Wie Schuppen von den Augen fiel es mir, wie wichtig es doch ist, den ECHTEN AUSTAUSCH zu pflegen. In andere müde und manches Mal auch hilflose und zweifelnde Mami-Augen zu sehen. Ich konnte dieses selbsterstellte Bild von perfekten Müttern ablegen und verstehen lernen, dass eine jede Mutter ihr ganz eigenes Gefühlspäckchen mit sich herumschleppt.

Über die Monate hat sich der Gedanke eines Mutter-Kind-Cafés festgesetzt. Ein Ort des ECHTEN Austauschs, ein Ort, der Wissen erfahrener Leute weitergibt. Es gibt so viele Themen, die im Leben einer jungen Mama wichtig sind. Seien es Stillprobleme, Überforderung, Beikostberatung, Schlafprobleme oder Schreikinder. Viele anfängliche Schwierigkeiten können durch Wissen, sei es durch erfahrene Hebammen, Ärzte oder

Psychologen und das Gefühl, nicht alleine zu sein, ganz schnell beseitigt werden.

Heute, 1 3/4 Jahre später, bin ich dabei, meinen Businessplan aufzustellen. Unterstützt werde ich dabei von meinem liebsten Julius, meiner Mama, die mehr als begeistert ist und ihre Unterstützung mit Elise fest zusagte. Auch Dodo und Anetta stehen voll und ganz hinter meinem Projekt. Es klingt alles so unwirklich und ich hätte mir nichts von all dem erträumen lassen. Ganz im Gegenteil, ich hätte gedacht, das ist eine andere Frau, über die da gesprochen wird.

Eigentlich bin ich ja nur Mutter geworden und manchmal glaub ich, neu geboren zu sein. Vielleicht aber habe ich mich auch einfach nur selbst erobert?

Liebes Tagebuch, erinnerst du dich noch …
wie ich mir Gedanken um das Erdmutterflugzeug und seine
Passagiere machte? An diesen einen richtigen Augenblick,
der es uns wagen lässt, diese Reise auf Erden anzutreten,
oder für immer nur ein abgelehntes Angebot bleiben soll?
Weil die eigene Angst es verwehrt. Irgendwann vor langer
Zeit habe ich mich gewagt, in diese Maschine einzusteigen.
Ich war ein mutiger Passagier, diese Erde zu bereisen. So
wie alle Menschen dieser Erde. Dieses Flugzeug, es war
wieder da. Ich habe verstanden, dass es auch ein Teil des
Lebens ist. Vielleicht könnte man es auch den Mut zur Ver-
änderung nennen. Unser Mut lässt uns diese Erde bereisen,
und unser Mut lässt uns diese Erde selbst entdecken. Ich bin
dankbar für diese Zeit meines Lebens und habe verstanden,
dass wir Menschen immer wieder die Chance haben, in das
Flugzeug des Lebens hineinzusteigen. Es wird immer und
immer wieder vor unserer Türe stehen. Alles braucht nur
ein wenig Mut und großes Vertrauen.